Als Vivian kurz vor Ausbruch des Zweiten Weltkrieges zum ersten Mal mit ihrer Familie auf die Farm Ol' Joro Orok kommt, die am Mount Kenya in dreitausend Meter Höhe liegt, ist sie von der Schönheit der Landschaft überwältigt. Rasch freundet sie sich mit dem Kikuyujungen Jogona an, der ihre erste große Liebe wird. Damit Jogona ihr treu bleibt, berührt sie sein Gesicht mit Ziegenhaar, das ihr der Medizinmann gegeben hat. Um die Freundschaft vor dem Gott Mungu zu beschwören, schlucken die beiden Erde, deren harziger Geruch Vivian ein Leben lang begleiten wird.

›Ein Mund voll Erde‹ ist Stefanie Zweigs erster großer Afrika-Roman, der 1980 erschien und mehrere literarische Auszeichnungen erhielt. Die Autorin hat den Roman komplett überarbeitet und um die autobiographische Erzählung »Vivian« ergänzt, in der sie schildert, wie tief ihre Wurzeln noch immer in Afrikas roter Erde stecken.

Stefanie Zweig wurde 1932 in Oberschlesien geboren und wanderte im Zuge der nationalsozialistischen Verfolgung 1938 mit ihren Eltern nach Kenia aus. 1947 kehrte die Familie nach Deutschland zurück. Die Autorin hat dreißig Jahre lang das Feuilleton einer Frankfurter Tageszeitung geleitet. Ihre Romane ›Nirgendwo in Afrika‹, ›… doch die Träume blieben in Afrika‹ und ›Irgendwo in Deutschland‹ standen wochenlang auf den Bestsellerlisten. Caroline Link verfilmte ihren Roman ›Nirgendwo in Afrika‹, der in der Kategorie ›Bester ausländischer Film‹ einen Oscar gewann. Im Fischer Taschenbuch Verlag sind die Titel ›Der Traum vom Paradies‹ (Bd. 14873) und ›Die Spur des Löwen‹ (Bd. 15231) und ›Karibu heißt willkommen‹ (Bd. 15245) lieferbar.

Unsere Adresse im Internet: www.fischer-tb.de

Stefanie Zweig

Vivian und
Ein Mund voll Erde

Roman

Fischer Taschenbuch Verlag

Für meinen guten Freund Wolfgang

Veröffentlicht im Fischer Taschenbuch,
einem Unternehmen der S. Fischer Verlag GmbH,
Frankfurt am Main, September 2003

Lizenzausgabe mit freundlicher Genehmigung
der Langen Müller in der
F.A. Herbig Verlagsbuchhandlung GmbH, München
© 2001 by Langen Müller
in der F.A. Herbig Verlagsbuchhandlung GmbH, München
Druck und Bindung: Clausen & Bosse, Leck
Printed in Germany
ISBN 3-596-15640-8

Vivian

Die Farm in Ol' Joro Orok, auf der kurz vor dem Zweiten Weltkrieg zwei Kinder unterschiedlicher Hautfarbe und Kultur eine lebenslange Freundschaft mit einem Mund voll Erde beschworen, lag dreitausend Meter hoch am Fuße des Mount Kenya. Selbst betagte Wunder der modernen Technik brauchten damals noch Bedenkzeit, bis sie zu den Hütten mit den grasbedeckten Dächern gelangten. Ehe meine Eltern auf die Farm kamen, hatten lediglich sechs Männer und keine einzige Frau ein Radio spielen hören. Und nur Kimani, der zwei Jahre in Nairobi bei einem indischen Geschäftsmann gearbeitet hatte, kannte einen Fotoapparat. Der von meinem Vater faszinierte die Menschen noch mehr als das Radio. Vor allem war das zu der Kamera gehörende Album eine Sensation – nicht nur, weil die Häuser auf den Fotos mehrstöckig waren und die Menschen vorwiegend dicke Mäntel und Strickmützen trugen, sondern auch, weil jedes der Bilder aus Deutschland als ein immer wieder begehrter Beweis diente, was der auf den ersten Blick so unscheinbar wirkende schwarze Kasten zu leisten vermochte.

In Unkenntnis der Folgen fotografierte mein Vater in der ersten Woche auf der Farm meine Mutter mit einem irischen Wolfshund in Kalbsgröße, seine fünfjährige Tochter inmitten von drei in löcherige Decken gehüllten und zwei nackten Buben vom Stamm der Kikuyu und schließlich den Hausgenossen Owour samt Gehilfen mit einer erlegten Schlange. Ein solcher Kardinalfehler konnte nur einem Mann aus Deutschland passieren, der keine Ahnung von den Bedürfnissen, Begierden und Rivalitäten der phantasievollen Menschen hatte, deren Leben er und die Seinen fortan teilen sollten. Als nämlich der Film entwickelt und die Fotos zur Besichtigung freigegeben wurden, setzte ein nimmer endender Wettbewerb um die Gunst des naiven Fotografen ein, den man unermesslich reich und mächtig dünkte. Alle, vom greisen Viehhirten bis zu den Kindern, die noch keine Backenzähne hatten, wünschten sich ein eigenes Bild – eine von Kopf bis Fuß auf das eigene Ich eingestellte Aufnahme ohne störenden Baum, lästigen Berg oder ein vom Hauptsujet ablenkendes Tier. Ein solches Bild hätte den glücklichen Besitzer nicht nur unabhängig von einem Spiegel gemacht, den ohnehin kaum ein Mensch auf der Farm besaß, sondern Tag für Tag seinen Stolz und sein Prestige genährt. Ein eigenes Porträt wäre von Freund und Feind als der unübersehbare Beweis von Wichtigkeit und Auserwähltheit anerkannt worden.

Tatsächlich war nur einigen wenigen Buhlern um die Gunst des Fotografen der Erfolg vergönnt. Ohne vom Recht am eigenen Bild zu wissen, verlangten die Beglückten dennoch ihre Fotos bei der ersten Besichtigung, trugen fortan die Dokumente, die von Ausdauer und Ruhm zeugten, ständig bei sich und zeigten sie mit dem Besitzerstolz von Siegern, die nach Jahren des Kampfes mit unerwartet wertvoller Kriegsbeute heimkehren. Unwiederholbare Freude einer Minderheit, dieses verlockende Spiel!

Die unglückliche Mehrheit ging zum Kummer aller Beteiligten leer aus. Der weiße Zauberer mit der Kamera lebte

nämlich, was den Männern, Frauen und Kindern von Ol'
Joro Orok freilich nicht auffallen konnte, in miserablen
wirtschaftlichen Verhältnissen. Er brauchte seinen gesam-
ten Verdienst für das Schulgeld seiner Tochter und wäre nie
auf die Idee gekommen, auch nur einen Shilling für einen
Film auszugeben.

Durch die Lebensumstände der Emigration wurde folglich
der Fotoapparat ebenso rasch zweckentfremdet wie der
übrige Teil des aus Deutschland mitgebrachten Hausrats. In
den zehn afrikanischen Jahren meiner Familie diente die
Kamera abwechselnd als Briefbeschwerer, als der Beweis,
dass man bessere Tage erlebt hatte und wieder solche
erhoffte, und als Stuhl für einen elternlosen kleinen Pavian.
Zu der Zeit, da die in »Ein Mund voll Erde« erzählte Liebes-
geschichte zwischen dem Mädchen Vivian und dem Jungen
Jogona spielt, stand der Apparat auf dem Fensterbrett im
größten Raum des Hauses. Dort konnte ihn jeder sehen,
kein noch so geschickter Dieb ihn aber wegtragen, ohne
dass man ihn seinerseits gesehen hätte. Nicht nur ich folgte dem väterlichen Vorbild und sprach von der »Leica«.
Das vokalreiche Wort mundete besonders gut in der Suahe-
lisprache. Sobald die Rede vom Reiz der Bilder war, ließen
sich die beiden fröhlichen Silben so oft wiederholen, wie
dem Erzählenden geboten schien, ohne dass die Kehle
Schaden nahm.

Die Leica war Anfang der dreißiger Jahre gekauft worden.
In den Vierzigern, da nichts von den Lebensplänen, Wün-
schen und Illusionen geblieben war und die Erinnerungen
immer melancholischer wurden, hatte die Kamera für uns
keinen materiellen Wert mehr, dafür einen überaus hohen
ideellen. Gerade ihre Nutzlosigkeit verkörperte das Verlorene und Unwiederbringliche. Der Fotoapparat war das

Hochzeitsgeschenk einer unverheirateten Tante für meinen Vater gewesen und mit der Bitte überreicht worden, der Neffe möge sie in Berlin an seinem Familienleben in der Provinz teilhaben lassen.

Im ersten Jahr seiner Ehe hatte der junge Neffe seine lachende Frau in einem Schlitten auf der Hochzeitsreise im Riesengebirge, vor dem Breslauer Rathaus und beim Einzug in die erste eigene Wohnung fotografiert, später sein einjähriges Töchterchen vor einer Geburtstagstorte, mit einem Lorbeerkranz auf dem Kopf und den stolzen Großeltern. Abgelichtet wurden der erste Klient der Anwaltspraxis in Leobschütz, die Hausangestellte unter einem blühenden Apfelbaum und Hakenkreuzschmierereien auf den Schaufenstern eines Breslauer Weißwarengeschäfts. Unmittelbar vor der Auswanderung wurde das Grab der Mutter auf dem jüdischen Friedhof in Gleiwitz fotografiert, einen Tag danach das väterliche Geburtshaus in Sohrau in Oberschlesien. Es muss ein heller Tag gewesen sein. Jeder Buchstabe auf dem Schild »Zweigs Hotel« glänzte in der Sonne.

Die weiß umrandeten Bilder steckten alle in einem Album mit einem grauen Lederrücken. Unter dem Foto aus Sohrau stand geschrieben »Mein Vaterhaus. Leb' wohl für immer!«. Das Ausrufezeichen hat mir als Kind sehr viel mehr imponiert als das stattliche Gebäude und der Hinweis auf den Pferdewechsel im neunzehnten Jahrhundert; der dicke Punkt unter dem Ausrufezeichen erschien mir symbolisch für jenen Reichtum, von dem die Eltern besonders sehnsuchtsvoll sprachen, wenn sie mich schlafend wähnten. Die weiße Fototinte verstärkte meine Vermutung, dass besagter Reichtum wohl nicht allein Schnee im Winter, einem neuen Hut im Frühjahr, Würstchen mit Sauerkraut und schlesischen Mohnklößen galt.

In der Zeitspanne, die die Eltern als »Emigration« und ich als »Zuhause« bezeichneten, wurde die väterliche Theorie immer intensiver in die Praxis umgesetzt, dass »arme Leute ein gutes Gedächtnis und keine Fotos brauchen«. Nutzlos wurde die Leica dennoch nicht. Es war ein spontaner Einfall Jogonas, der nicht nur für sein hoch geschätztes monatliches Salär den Hunden Futter kochte, sondern von seinem Naturell her ein inniges Verhältnis zu Tieren hatte, den Fotoapparat dem kleinen Pavian Toto zu überlassen – die Ausmaße entsprachen dem zierlichen Körper des Äffchens. Es war eine von Totos Lieblingsbeschäftigungen, zum Fenster hinauszustarren und vorbeifliegende Webervögel anzukeifen. Waren seine Kehle trocken und die Augen erschöpft, spielte er mit der kleinen silbernen Schnalle vom Riemen des Apparats. Toto, den mir unser Nachbar Luis de Bruin zu meinem achten Geburtstag geschenkt hatte, wurde selten gestört. Es gab absolut keinen Grund, den jüngsten Hausgenossen von seinem Fotohocker zu werfen, denn fast jeder ins Visier genommene Fototermin entpuppte sich bei kritischer Überprüfung als eine finanzielle Belastung, die einem Emigranten mit geringem Einkommen nicht zustand. In der Schlussbilanz stellte sich dann heraus, dass zwei Filme mit je zwölf Aufnahmen für zehn Jahre Leben gereicht hatten.

Ein Breslauer Fotograf schickte uns die sehnsüchtig erwartete Anleitung und chemisches Zubehör zur Entwicklung von Filmen, seine Frau das erbetene Rezept, um Sauerkraut einzulegen. Das kulinarische Experiment wurde vorzeitig abgebrochen – nach einer geborstenen Porzellanschüssel und dem Auffinden von zwei toten Ratten. Die Fotos waren alle gelblich statt schwarzweiß und sahen aus, als wären sie der intensiven Mittagssonne des Hochlands ausgesetzt worden. Dennoch wurden diese kümmerlichen Zeugnisse des afrikanischen Lebens in das feine Album mit den dicken Pappseiten zu den Erinnerungen aus Breslau und Oberschlesien gesteckt. Später reisten die Bildchen in den Kisten, die einst von Hamburg nach Mombasa gelangt waren, nach Nairobi, und in der schwülen und feuchten Luft vergilbten sie noch mehr; die nun in königsblauer Tinte geschriebenen Bildunterschriften mussten einmal im Monat nachgezogen werden.

Wann immer meine Eltern vom Abschied von Afrika sprachen, suchte ich Trost in den Fotos der Farm. Dabei wurde mir von Mal zu Mal bewusster, dass die Vergänglichkeit am gründlichsten auf unsere visuellen Erlebnisse einprügelt.

»Du bist sehr klug«, pflegte ich dann Owours Weitsicht der frühen Tage zu bestaunen.

»Nein«, wehrte der Freund aus Ol' Joro Orok in einer für ihn sehr atypischen Bescheidenheit ab, »der Koch deiner Mutter ist nicht klug gewesen. Es sind deine Augen, die klug geworden sind.«

Mit diesem regelmäßig wiederholten Dialog konnten wir die Würze der Vergangenheit genießen und gleichzeitig unsere Fähigkeiten prüfen, die Tage aus der Dunkelheit hervorzuholen, die nicht mehr waren – auf dieser umständlichen Ausdrucksweise bestand Owour, sobald von Ol' Joro Orok die Rede war.

An einem Tag ohne Wolken und Wind, im flirrenden Licht der Mittagsstunde hatten wir zusammen unter einem Affenbrotbaum gesessen und zwei Dik-Diks im Gebüsch beobachtet, die immer enger aneinander rückten. Bald warfen sie nur einen einzigen Schatten.

»Jetzt sind die Tiere zusammengewachsen«, sagte Owour. Er hielt seine Hände vor mein Gesicht und lachte. Ganz leise.

»Welche Tiere?«, kicherte ich zurück, »du lügst. Ich sehe noch nicht einmal einen Dik-Dik. Und was ich nicht sehen kann, gibt es nicht. Das hast du mir vor langer Zeit gesagt.«

»Dein Kopf muss lernen, eine gute Kiste für die Bilder zu werden, die du bis zu dem Tag nicht verlieren willst, an dem dich die Hyänen holen werden«, belehrte mich Owour. »Wir fangen«, freute er sich, »heute an, den ersten Nagel in das Holz deiner Kiste zu schlagen.«

»Wo soll ich Nägel finden? Du hast auch noch nie etwas von einer Kiste gesagt. An keinem Tag ist deine Zunge in den Wald gelaufen, um Holz für eine Kiste zu suchen.«

»Ich habe sehr oft von der Kiste gesprochen, die deine Augen bauen müssen. Aber du bist ein Kind gewesen und hast auf deinen Ohren geschlafen. Jogona sagt, du schläfst immer noch auf deinen Ohren.«

»Aber nicht auf den Augen«, wehrte ich mich, »ich schlafe schon lange nicht mehr auf meinen Augen.«

»Dann ist ja alles gut, Memsahib kidogo«, beruhigte mich Owour. Er schob die Zunge langsam zwischen die Zähne, als müsste er sich in Acht nehmen, sich nicht an seinen Worten zu verschlucken. Er mochte die Ausdrücke der Kolonialzeit nicht und gebrauchte die gängige Anrede für ein junges Mädchen aus Europa nur dann, wenn er spotten wollte, doch das begriff ich erst, als ich nicht mehr mit ihm über sein feines Sprachempfinden reden konnte.

Ab dem Tag mit den Dik-Diks im Gebüsch begannen der listige Lehrer und seine eifernde Schülerin, methodisch Gespräche und Bilder zu speichern und in regelmäßigen Abständen ihre Erinnerungen zu vergleichen. Einer von uns beiden dachte, alles wäre nur ein Spiel. Jahrzehnte später – bei meiner ersten und erregendsten Heimkehr nach Kenia – beobachtete ich eine Gruppe von Touristen:

Kaum einer, der die vorbeiziehende Elefantenherde und den Kilimandscharo im Hintergrund nicht fotografierte. Als eine Elefantenkuh laut lockend nach ihrem Kälbchen rief und es auf noch unsicheren Beinen auf sie zulief, setzte ein Mann fluchend seine Kamera ab und zischte: »Psst«.

In diesem Moment hörte ich Owours belustigte Stimme so deutlich, als würden wir immer noch in der Mittagsglut unter dem Affenbrotbaum von Ol' Joro Orok sitzen. Bestimmt hätte er die Leute mit der Kamera vor dem Gesicht weiße Affen genannt. Bilder im Kopf zu speichern war für Owour, der ja nicht lesen und schreiben konnte, wahrscheinlich eine Art, Tagebuch zu führen. Auch meine Chronik war bald reich illustriert. Er hatte das bessere Gedächtnis für Dialoge, für unbedeutende Streitereien, alltägliche Grotesken und die großen Katastrophen, ich für das Gelächter und die Witze der Männer auf den Feldern, den Duft der Hunde in der ersten Nacht des großen Regens und die Farben der jungen Flachsblüten im Mittagslicht.

Der mit hungrigen Augen geernteten Bilderflut von Ol' Joro Orok erging es nicht wie den Fotos im Album. Mochte sich die Welt unter dem Himmel Europas verändern und bei ständig steigendem Tempo aus den Fugen katapultiert werden, mochten später Hoffnungen verwelken, die Liebe sterben und danach auch die Menschen, denen diese Liebe gegolten hatte, die afrikanischen Erinnerungen verloren nie ihre Farbigkeit. Weder erloschen die sanften Pastelltöne noch das flammende Rot der Buschfeuer. Jedes Bild aus dem gesegneten Hochland am Fuße des Mount Kenya hatte sich in mein Gedächtnis geätzt. Es trotzte grauen Wintertagen, depressiven Herbststimmungen und dem Schock, den das kriegsgeschundene Trümmerdeutschland bei unserer Rückkehr auslöste. Noch heute lassen nördliche Frühlingswonnen und südliche Sommerfülle mein Herz unbewegt, wenn ich zuvor nicht die Gedanken vor »Owours Souvenirs« schütze. Dann geschieht es, dass sich das Bild einer rosa Wolke von Flamingos am Nakurusee vor einen tatsächlich blühenden Apfelbaum schiebt.

»Der Schnee hier ist nicht so schön wie zu Hause«, mäkelte ich als Fünfzehnjährige in meinem ersten deutschen Winter, »Schnee gehört doch auf einen Berg und nicht unter Autoreifen.«

»Du wirst ein Leben lang ein unlogisches Kikuyuweib bleiben«, fauchte mein aufgebrachter Vater, der zum ersten Mal erlebte, dass seine Tochter ihre Zunge nicht sorgsam genug gehütet und von Afrika als Heimat gesprochen hatte.

Obwohl noch ohne Lebenserfahrung, empfand ich schon damals seine Kritik als den ironischen Hinweis auf den Umstand, dass uns im Leben letztendlich die meisten Wünsche erfüllt werden, allerdings am falschen Ort und zur falschen Zeit. Denn am Vorabend meines siebten Geburtstags hatte ich tatsächlich Mungu, den Allmächtigen von Ol' Joro Orok, gebeten, meine Haut so schwarz zu brennen wie Jogonas Brust und mich zu einer respektierten Kikuyufrau mit einer großen Hütte und vier Töchtern zu machen.

Als nun der ungerechte Vergleich zwischen dem ewigen Eis auf »meinem« Mount Kenya und dem matschbraunen deutschen Großstadtschnee zu einer der seltenen Meinungsverschiedenheiten zwischen Vater und Tochter führte, wohnten wir seit acht Monaten in Frankfurt. Schon in den ersten vierzehn Tagen meines postafrikanischen Seins hatte ich indes begriffen, dass nichts mehr so sein würde wie in meinem ersten Leben – schon gar nicht die Begriffe Heimweh, Heimat und Verlust. Ich hatte die drei Worte, von denen ich bereits als Kind gefunden hatte, sie führten zu nichts als Verdruss und Schmerz, zehn Jahre lang immer wieder gehört, jedoch nicht wirklich verstanden und dann noch jedes Mal falsch interpretiert. Inmitten von Afrikas geduldigen, gelassenen Menschen mit ihrer ansteckenden Heiterkeit hatte ich nämlich angenommen, nur melancholische Väter aus Deutschland litten an der Sehnsucht nach der verlorenen Heimat. Dass dieses Drama – bei vertauschten Rollen – ebenso deren Töchtern widerfahren konnte, hatte ich in dem Schicksalsmoment begriffen, als das Schiff nach Southampton im Hafen von Kilindini ablegte.

»Sie haben meine Wurzeln abgeschlagen«, erzählte ich Owour in den schlaflosen Nächten, in denen ich mich, ohne aufzufallen, auf unsere gemeinsame Sprache besinnen durfte. Der Getreue hatte indes seit dem Suezkanal nicht mehr geantwortet, obwohl mir in Frankfurt niemand die Zuversicht hätte rauben können, dass er mich hören konnte.

Mein Vater war so entschlossen zu glauben, er könnte von dem Augenblick an, da er deutschen Boden betrat, die zehn Jahre seines von den Nazis gestohlenen Lebens nachholen, dass ihm weder Trümmer und Hunger noch Kälte den Mut und die Illusionen nahmen. Meine Mutter hat ein Leben lang das Sprichwort vom Spatz in der Hand und der Taube auf dem Dach zitiert; sie hatte sich sehr gesträubt, Kenia zu verlassen, wurde allerdings, wie sie später äußerst anschaulich zu erzählen pflegte, von Mungu verzaubert, »der zehn Jahre lang nichts für mich getan hat«. Sie war noch keine vier Stunden in Frankfurt, als sie in einer Hotelhalle über das Gepäck eines amerikanischen Besatzungssoldaten stolperte. Der starrte meine schimpfende Mutter ein paar Sekunden lang erschrocken an, erblasste und schloss sie schluchzend in die Arme. Er hieß Willy, war Sergeant und ein Vetter zweiten Grades sowie ein Verehrer aus ihrer

Tanzstundenzeit. Als er hatte auswandern müssen, hatte sie ihn von Breslau zum Schiff nach Hamburg begleitet. Dass Sergeant Willy bei dem herzklopfenden Wiedersehen just auf dem Rückweg nach New York war und nun seiner Kusine in Frankfurt nur noch mit zwei Tafeln Schokolade und drei Päckchen »Lucky Strike« beim Start in der Fremde helfen konnte, hat den mütterlichen Glauben an das gute Omen nie geschmälert.

Mein kleiner Bruder hatte es noch leichter, sich in Frankfurt einzuleben. Bei der Ankunft gurgelte er auf dem Bahnsteig ein Wort, das Kenner als »Misuri« hören konnten und das auf Suaheli gut, schön, herrlich oder zufrieden bedeutet. Max war, als er im zerschossenen Frankfurter Hauptbahnhof dieses Urteil über seine künftige Heimatstadt fällte, ein Jahr und drei Tage alt und noch nicht der Sprache seiner Kikuyu-Kinderfrau entwöhnt. (Es dürfte kaum eine Sprache geben, die Babys so gewogen ist wie Suaheli.)

Weil auch für mich Deutsch eine fremde Sprache war, verlangte es mich noch jahrelang in sehr unpassenden Augenblicken nach Heimatklang, nach den vollen Vokalen und den weichen Konsonanten des Suaheli. Sie schmeicheln der Kehle, zerreiben Ärger und machen fröhlich. Ich sehnte mich nach den listigen Wortschöpfungen, die mehr als eine Bedeutung haben und von demjenigen, der sie zu interpretieren hat, Intelligenz, Flexibilität, Humor und einen früh ausgeprägten Sprachsinn fordern. Das gleiche Verlangen hatte ich nach den so lange als selbstverständlich empfangenen Botschaften der Natur, nach dem schmetternden Rufen der Hähne bei Tagesanbruch, dem Klagen der hungrigen Hyänen in den ersten Stunden der Dunkelheit und dem Kreischen der Paviane aus dem Wald, der am Rande »unseres« Flachsfeldes begann. Es blühte als Erstes nach der Regenzeit, und Jogona hatte einmal behauptet, das wäre, weil Mungu uns beiden mit jeder Blüte einen Brief schriebe.

»Aber du kannst sie nicht lesen«, höhnte er, »deine Augen brauchen ein Buch, damit sie sich nicht bewegen.«

»Mungu«, wehrte ich mich, »hat mir geschrieben, dass dein Mund ein Schloss braucht.« Es war eine der seltenen Gelegenheiten, da der Freund der frühen Jahre selbst nach langem Suchen keine ihn befriedigende Antwort fand. Seitdem bemühe ich mich um die Sprache der Blumen, doch ohne Jogona fehlen Duft und Würze.

Redeten die Menschen Europas mit Stimmen, die ich als zu hell und schrill empfand, gedachte ich wehmütig des Echos von lustvoll gegen den Berg geschleuderten Rufen. Immer wieder geschah es, dass mich in der Stille einer Bibliothek oder mitten bei einer Klassenarbeit das laute Gelächter der Männer von Ol' Joro Orok erreichte. Dann sah ich die Klugen unter dem Sternenhimmel um das Feuer sitzen und hörte sie von Dingen sprechen, die ich erst Jahre später begreifen sollte.

»War es bei dir auch so?«, fragte ich in einem unbedachten Moment meinen Vater.

Ohne mich anzuschauen, denn wir wussten, dass wir vom Schmerz der zurückgehaltenen Tränen sprachen, und wir schämten uns voreinander, erwiderte er: »Und wie! Die Nächte sind schlimmer als die Tage.« Keiner von uns beiden hat sich je wieder so weit in den Abgrund der Wahrheit gewagt. Es ist eine uralte Geschichte – nur neu für den, dem sie zum ersten Mal widerfährt. Wer das Land verlassen muss, das er liebt und von dem er sich geliebt wähnt, kann auf die Frage nach seiner »Heimat« nie mehr unbefangen Antwort geben.

Auf dem Weg ins Erwachsenenalter war es nur die Farm, die ich nicht vergessen konnte. Heute, mehr als ein halbes Jahrhundert danach, umschlingt mich ganz Kenia. Zwar war das Land mir nur zehn Jahre lang Heimat, die übrige Zeit Traum, Illusion und eine nie gestillte Sehnsucht nach Vertrautheit und Geborgenheit, doch diese zehn Jahre haben gereicht, um mich für Europa untauglich werden zu lassen. Nur mit den Menschen in Kenia kann ich lachen, wie ich als Kind lachen konnte, und lese ich von ihrer Armut oder erlebe ich auf Reisen ihre Not, leide ich mit meinen schwarzhäutigen Geschwistern zwischen Mombasa und Kisumu mehr als mit anderen Völkern.

Ich habe erlebt, dass im Deutschland der Nachkriegszeit die Trümmer geräumt wurden, man in Frankfurt die Brücken reparierte, neue Straßen baute, Plätze umgestaltete, den Häusern Dach und Gesicht wiedergab und schließlich die Wolkenkratzer hochzog. Die Stadt wurde mir vertraut und irgendwann gar ein kleines Stück Heimat, doch stets hat es mich, sobald ich dem Herzen und nicht dem Hirn folgte, zurück in die Vergangenheit gezogen. Der Pfad, der dorthin führt, ist nur schmal. Mag er von Geröll zugeschüttet, von Gras bewachsen werden, ich sehe ihn auch in der Dunkelheit und stolpere über keinen einzigen Stein.

In Ol' Joro Orok war ich die »Memsahib kidogo« gewesen. Das heißt die kleine Memsahib. In Nairobi nannten sie mich »Memsahib kijana«, also die junge Memsahib. Heute ist die Anrede »Memsahib« für weißhäutige Damen in Kenia ein sprachlich vergessenes Relikt aus der Kolonialzeit und nur noch Geschichte. Schon am Flughafen von Nairobi begrüßen die gastfreundlichen Bewohner der Stadt die Frauen aus der Fremde mit dem wärmenden Wort »Mama«. Wer ihre Sprache kennt, weiß allerdings, dass man in meinem Alter eine »Mzee« ist. So eine Mzee kaut nicht nur länger als die Jungen auf dem Fleisch herum, sieht graue Schatten und denkt zu viel an die Zeit, als ihr die Beine jederzeit gehorchten und die Finger nicht steif waren. Eine Mzee ist lebenserfahren und weise. Sie käme nie auf die Idee, sich im Alter die Sünden der Jugend abzugewöhnen. Deshalb sitze ich an guten Tagen immer noch auf dem weichen, schwarzen Moos am Waldrand und sehe die Glück verheißenden schwarzen Colibusaffen mit wehenden weißen Bärten im Geäst der Baumgiganten schaukeln.

»Deine Augen haben sie gefangen, das ist genug«, belehrte mich Owuor, als ich elf Jahre alt war und mir wünschte, nur ein einziges Mal im Leben einen Colibusaffen zu streicheln. Ein wesentliches Kriterium seiner Philosophie hatte Owuor seiner gläubigen Schülerin allerdings nicht verraten, als er sagte: »Der Kopf muss lernen, eine gute Kiste für Bilder zu werden.« Zu detailgetreue Erinnerungen sind besonders brutale Sadisten. Sie peinigen den, der nicht zu verdrängen gelernt hat, noch mehr als die von der Nostalgie vergoldeten Verirrungen des Gemüts. Bilder, die nicht die Patina der Zeit ansetzen dürfen, befehlen mit ihren scharf gebliebenen Konturen den früh Entwurzelten, sich auf die Suche nach ihren Anfängen zu begeben. Wahrscheinlich führten deshalb alle meine Versuche in eine Sackgasse, die Menschen von Kenia, ihren schlagfertigen Witz und ihren lebensprallen Humor, die entwaffnende Pfiffigkeit und ihre bewegende Liebenswürdigkeit aus meinem Gedächtnis zu verbannen. Kaum, dass ich in Deutschland angekommen war, erinnerte ich mich zu oft der alten Geschichten; ich hörte das ohrenschmeichelnde Suaheli und den lebensprallen Gesang der arbeitenden Männer und Frauen auf den Schambas so deutlich, als würde ich unter dem Affenbrotbaum auf dem kleinen Hügel sitzen, von dem aus morgens die Augen auf Safari gingen und abends noch nicht heimgekehrt waren. Trotzdem tadelte mich Jogona, weil er es immer getan hatte: »Du schläfst auf deinen Ohren.«

»Du redest von den Tagen, die nicht mehr sind«, brüllte ich dann zurück.

Bei der letzten Silbe fing Jogona meistens zu lachen an. Wenn es ihn zu sehr genierte, dass er gesprochen hatte, ohne seinem Kopf die Ruhe zu gönnen, die gute Arbeit nötig hat, spuckte er ins hohe Gras. Das war schon lange vor seiner Beschneidung seine Art gewesen, zur Wahrheit zurückzufinden, ohne einen Irrtum mit Worten eingestehen zu müssen.

Im Verlauf der Jahre kannten die Tage, die nicht mehr waren, immer weniger Pardon, und erst recht nicht die Fragen, die ohne Antwort blieben. In melancholischen Stunden waren sie nur unwillkommene Eindringlinge; in den depressiven Stimmungen, zu der die Jugend neigt, waren die nicht mehr zu lösenden Rätsel aggressive Wiederholungstäter. Sie stahlen mir die Ruhe und raubten mir selbst dann die Zufriedenheit, wenn es mir schließlich doch einmal gelang, nicht gegen die Welt Europas aufzubegehren. Was war aus Owour, dem Behüter und Mentor meiner Kindheit geworden, dem Freund der Familie, dem gescheiten und phantasievollen Retter aus jeder Not? Was aus Jogona, der am Tag nach seiner Beschneidung von der Farm weggegangen und nie mehr zurückgekehrt war? Der erste Gefährte meines Lebens war nie ein Kind wie andere gewesen; als Mann hat so einer dann gewiss nicht vergessen können, was gewesen war. Wer las ihm, der nie eine Schule besuchen durfte, den Brief vor, den ich ihm als Achtjährige schrieb? Jedes Mal, wenn ich aus dem Internat auf die Farm heimkehrte, zog er das vergilbte Stück Papier wortlos aus seiner Hosentasche und hielt es mir zum Lesen hin. Um den Brief ging es weder der Absenderin noch dem Empfänger. Dieser einzige Brief, den ich Jogona je geschrieben habe, war eine Liebeserklärung. Wahrscheinlich wussten wir das, doch beiden von uns fehlte das Wort. Mein Bedürfnis, mit Jogona von dem Zauber zu sprechen, der uns so früh im Leben widerfuhr, ist nie erloschen.

Als ich mich zum ersten Mal nach dem Paradies der Kindheit umdrehte, ahnte ich nicht, dass es mir nun auf Jahre hinaus wie dem unglücklichen Sänger Orpheus ergehen würde. Dem hatte ein einziger Blick nach hinten für alle Zeiten seinen Traum von der Zukunft verwehrt. In der Jugend hat jede Attacke von Wehmut und Heimweh mein Gewissen belastet und mir suggeriert, die nicht erloschene Sehnsucht nach Afrika wäre Illoyalität gegenüber dem geliebten Vater. Den hatte es ja aus Kenia fortgetrieben, weil seine Wurzeln zu tief in deutscher Erde steckten und er sich Tag für Tag nach dem Land zurücksehnte, das ihn verschmäht hatte. Wie hätte ich ihm da erklären sollen, dass meine Wurzeln unter den Schirmakazien von Ol' Joro Orok geblieben waren? Also ließ ich ein halbes Lebensalter verstreichen, ehe ich mich zwanzig Jahre nach dem Tod meines Vaters zu meiner Herzensheimat bekannte und »Ein Mund voll Erde« schrieb.

Ohne zu befürchten, die verstörende afrikanische Passion der Tochter könnte den Vater verletzten, durfte ich beim Schreiben endlich die Augen so weit aufreißen, wie ich wollte. Beim Schreiben konnte ich in aller Ruhe auf das Land schauen, das mich nicht freigab. Und doch dämmerte es mir beim Aufbruch noch nicht, dass die so lange hinausgezögerte Reise genau die Safari in die Vergangenheit sein würde, die mich für immer an Kenia binden sollte. Als ich in Frankfurt an einem lebensentmutigenden Novembermorgen in mein Arbeitszimmer ging, redete ich mir ein, ich wollte lediglich, vielleicht, auf alle Fälle ohne besondere Ambition und ganz bestimmt ohne fest umrissenes Ziel einen unterhaltsamen Roman mit exotischem Flair für jugendliche Leser schreiben. Dass in einem Zeitraum von nur wenigen Minuten ein kurzes Gespräch zwischen Vivian und Jogona zu dem ersten Kapitel meiner eigenen Lebensgeschichte wurde, verwirrte den Kopf und beunruhigt bis heute mein Herz.

Benommen hörte ich eine Trommel aus dem Tal, in dem die Menschen vom Stamm der Nandi lebten; ich roch das Fell eines jungen Hundes, der zum ersten Mal im Fluss gebadet hat und sich das Wasser aus den Ohren schüttelt; ich ließ – wohl zum ersten Mal ganz ohne Gewissenspein – das Verlangen nach der Welt von Duft und Farbe zu. Wie habe ich gestaunt, als ich kurz darauf Jogona reden hörte. Mit dieser Stimme, die früh schon tief war und sehr viel deutlicher als die der anderen Kinder seines Jahrgangs.

Kimanis wohlgeratener Sohn war wieder neun Jahre alt und bohrte in seinem Nabel. Noch hat er seine Beschneidung nicht erwähnt. Sie sollte uns erst vier Regenzeiten später in zwei voneinander scharf getrennte Welten stoßen. Noch verbot ich Owour das Wort. Dieser Weggenosse, den ich von allen Freunden am wenigsten zu vergessen vermochte, hat mich erst fünfzehn Jahre danach aus dem Hinterhalt gelockt. In meinem autobiografischen Roman »Nirgendwo in Afrika« machte mir Owour von Anbeginn klar, dass er nicht länger gewillt war, auch nur auf ein winziges Detail der Wirklichkeit zu verzichten. Mit Erinnerungen war er immer penibel gewesen.

Für »Ein Mund voll Erde« hatte mein Herz keine Vorbereitungen getroffen. Schon, als ich fest entschlossen war, das Buch zu schreiben, vermochte ich mir nicht vorzustellen, dass so viele Menschen mich erwarteten. Die stürmten am ersten Tag in mein Arbeitszimmer und scherten sich keinen Deut um den Umstand, dass das schönste und meistgebrauchte Wort in Suaheli »pole pole« heißt und langsam bedeutet. Der Jüngste des beherzten Trios stand in einem weißen Umhang hinter dem Wassertank und begehrte in der Nacht nach dem Einsetzen des großen Regens die Geschichte von Amor und Psyche zu hören; der zweite stieg ab von einem cremefarbigen Hengst und zitierte Ovid, ohne dass seine Zunge ein einziges Mal stolperte, doch er verwechselte, als er von seinem Leben erzählte, fortwährend die Zeiten und die Schlachten des Ersten Weltkriegs mit denen auf der Krim. Der dritte Mann hatte Haare in der Farbe von reifem Mais. Luis de Bruin kletterte aus einem Auto ohne Fensterglas und ohne Türgriffe. Er wollte seinen Kaffee nur aus einem großen Blechbecher trinken, summte den Anfang eines wehmütigen Liedes aus dem Burenkrieg und beschwerte sich auf Afrikaans, dass seine Kinder in eine englische Schule gehen müssten und dort keinen anständigen Kaffee zu trinken bekämen. Ich reichte, als de Bruin mich nach den Jahrzehnten der Trennung an sich drückte, bis zu seiner Gürtelschnalle. Er roch auch genau wie damals nach ungegerbtem Leder und Wagenschmiere.

Bei diesem Treffen hatte es Jogona von den dreien am eiligsten. Genau wie in seiner Kindheit, als er an keine Tür anklopfen mochte, damit nicht alle Anwesenden zu gleicher Zeit von ihm eine Antwort verlangten, schlich er ins Zimmer und stellte sich hinter meinen Stuhl; er legte die rechte Hand auf die Tasten der Schreibmaschine und sagte, ich sollte noch einmal unsere Freundschaft beschwören, ihn meinen »Rafiki« nennen und Erde schlucken. So ganz nebenbei erwähnte er, dass sein Großvater ein Medizinmann sei. Ich atmete schwer, weil ich dies in all den Jahren vergessen hatte, aber ich nickte und fixierte dabei die Wand, als wüsste ich schon lange Bescheid. Und doch hielt ich »Ein Mund voll Erde« für ein Stück Fiktion und das Mädchen Vivian allenfalls für eine Seelenverwandte. Sie war gerade dabei, auf eine mir sehr bekannte Art Ähnliches zu erleben wie einst ich selbst.

Das war kurzsichtig und töricht, denn ich hätte durch meine frühen Erfahrungen im Umgang mit der Vergangenheit ausreichend gewarnt sein müssen. Schon als Zwölfjährige hatte ich nämlich begriffen, wie unberechenbar und unbarmherzig ein gutes Gedächtnis auf uns niederkommt. In Nairobi pflegten Owour und ich in der heißesten Stunde des Tages auf dem von der Sonne verbrannten Rasen unter dem Baum zu sitzen, der jedes Jahr mehr Guaven trug. Waren die Früchte reif, dufteten sie wie das rosengetränkte, schwere Parfüm der reichen indischen Frauen, die schon morgens goldbestickte Saris trugen. Owours Nase aber und, sobald er mir von deren umständlicher Safari erzählte, auch die meine erschnupperten aus dem betäubenden Aroma der überreifen Früchte meistens nur den harzigen Geruch der feuchten roten Erde vom Hochland. Dann redeten wir von »unserer Farm« und beschrieben sie einander so genau, als hätte nur einer von beiden dort gelebt. Sobald Jogonas Namen erwähnt wurde, drängte der sich – durchaus mit den bedächtigen Worten der Klugen, aber doch sehr entschlossen – in den Mittelpunkt des Geschehens.

In Kenias von mir heute noch nicht geliebter Hauptstadt

geschah es damals häufig, dass ich absolut gelassen vor dem Haus auf den Bus wartete und zufrieden war, die lange Wartezeit abzukürzen, indem ich mit einem Dorn meine Initialen in die widerstrebenden mannshohen Kakteen ritzte. Von einer Sekunde zur nächsten füllten sich die Augen der Dreizehnjährigen jedoch mit Tränen; lange dachte ich, sie würden den Staub der vorbeifahrenden Autos nicht vertragen, doch es war eine ganz bestimmte Sorte Rauch, der mir die Sicht verwehrte. Ungebeten stieg er in der Schwüle von Nairobi aus den Hütten von Ol' Joro Orok in den Himmel. Auch die Ohren verweigerten nach meiner ersten Vertreibung aus dem Paradies das Vergessen. Gleichgültig ob ich zu Hause, auf der Delamare Avenue in Nairobi oder in der dreißig Kilometer entfernten Schule war, nachmittags um vier hörte ich Jogonas Vater Kimani mit einem eisernen Stab an den Wassertank vor dem Haus schlagen. War der Wind in Nairobi ausnahmsweise so stark wie in Ol' Joro Orok, reiste das Gelächter der Männer vom Stamm der Nandi, zu denen ich von der Farm aus mit dem alten Kinghorn geritten war, in die große Stadt, in der die Menschen nichts von den Sternen in Mungus Heimat wussten. Damals fiel mir erstmals auf, dass ich weder in Suaheli noch im phantasievollen Kikuyu und auch nicht in Owours Stammessprache Jaluo einen Begriff für Heimweh kannte. »Homesick«, erklärte ich Owour schließlich. »Das Wort musst du immer dann sagen, wenn wir von den Tagen sprechen, die nicht mehr sind.«

»So ein alberner Quatsch«, schimpfte mein Vater, den es zeit seines Lebens kein bisschen genierte, wenn er als Lauscher an der Wand enttarnt wurde. »Mein Fräulein Tochter hat wieder mal mit Erfolg ihre Muttersprache und ihr Vaterland verleugnet. Warum soll unser Owour Englisch reden? Die Engländer reden ja auch nicht mit ihm. Das Wort heißt Heimweh, Owour. Das sagen wir beide jetzt und zeigen der Memsahib, dass nur Männer klug sind und keine Angst haben. Das Wort ist ein scharfer Hund. Der beißt dir in die Kehle und mich ins Herz.«

Einen Tag lang kämpften wir verbissen um Owours Gunst. Mein Vater war der Pädagoge mit den besseren Einfällen; er versprach seinem Schüler allzeit ein fröhliches Publikum, wenn er gerade dieses eine Wort auf Deutsch sagen lernte. So entschied sich Owour leichten Herzens gegen mich. War er besonders gut gelaunt oder mein Vater grüblerisch und melancholisch, begrüßte er unsere Gäste statt mit seinem fröhlichen »Jambo« mit einem lauten »Heimweh«.

Ob Kinghorn, der Einsiedler mit englischem Namen, britischem Pass und der afrikanischen Art zu denken, noch lebte? Er hatte meine Augen auf die Schönheit der Schöpfung vorbereitet. Ich habe nie erfahren, wie alt dieser sonderbare Begleiter war – jedenfalls jünger, als ich damals annahm.

Kinder halten ja selbst die für Greise, die nur fünf Jahre älter sind als sie selbst. Weil der Abschied mich so sehr berührte, war ich in Nairobi die meiste Zeit überzeugt, »der alte« Kinghorn wäre bald nach unserem letzten Ausritt gestorben. In Frankfurt aber, geschockt von einer Welt, die mir so fremd war, verlor ich den Überblick, den Bezug zu Logik und Realität. Ich klammerte mich an das Versprechen unserer letzten gemeinsamen Stunde. Der Eigenwilligste unter meinen eigenwilligen Freunden hatte sich nicht nur per Handschlag verpflichtet, für den kleinen Pavian Toto zu sorgen. Er hatte mir bindend zugesagt, nicht zu sterben, ehe ich nach Ol' Joro Orok heimkehrte.

Bis Anfang der sechziger Jahre konnte ich trotz solcher diffusen Vorstellungen die Sehnsucht nach Kenia in überschaubare Bahnen lenken. Solange nämlich meine Eltern lebten, waren Erinnerungen ein Teil der Gegenwart. Wir sprachen oft von Kenia, die Menschen, mit denen wir in den zehn Jahren der Emigration die Stunden und Sprache und das Leben teilten, blieben mit uns. Selbst meinem Vater, den seine Liebe zu Deutschland zurück in das Land getrieben hatte, das er als Heimat begehrte, ist die vollkommene Trennung von Afrika nie mehr gelungen. Das Seil, das ihn an Kenia band, war zwar dünn, aber es war allzeit da; waren wir beide allein, gab er das auch zu.

Deshalb beschämte es mich immer weniger, dass ich so oft zu den Gefährten der Jugend zurücklief. Morgens stand Jogona vor der Tür, um die Hunde zu füttern; in der Nacht sprach er von Amor, der mit dem Pfeil der Massaikrieger in die Herzen von Menschen schießen konnte, ohne dass ein Tropfen Blut vergossen wurde. Sobald mein Kopf zu seinen Safaris startete, saß Owour vor dem Küchengebäude und warf seine Stimme gegen den Berg. Das Echo war immer noch donnerlaut. Er hielt das Glas, das er mit einem weißen Tuch abtrocknete, ins Licht der Sonne. Die war noch keine Stunde am Himmel.

»Deine Augen«, sagte mein Vater an den guten Tagen, wenn Owour für ihn das Wasser zum Rasieren bereits aus dem Brunnen geschöpft und erwärmt hatte, »sind schöner als alle Gläser, die wir aus meinem Land mitgebracht haben.« Nur um diesen herrlichen Satz zu hören, hatte es sich Owour angewöhnt, Besteck und Gläser auf der Bank vor dem Küchengebäude trockenzureiben. Die Schmeicheleien eines erwachenden Tages machten die Ohren eines stets nach dem Lob der Klugen dürstenden Mannes bis in die späte Nacht satt.

Es waren indes nicht allein solche immer wiederkehrenden

Ausschnitte von Bildern und Begebenheiten, die mich in einer anderen Welt und einer anderen Zeit dazu brachten, die Geschichte von Vivian und Jogona zu schreiben, die ich als so charakteristisch für Afrikas Kinder empfand. Es war ausgerechnet Kinghorn, der bescheidene, nie aufdringliche Sonderling, der unerwartet energisch mein Verlangen nach den gestorbenen Tagen schürte. Kaum hatte ich mich für das Schreiben als Beruf entschieden und war Journalistin geworden, hat mich Kinghorn an die Stunde der kurzen Schatten erinnert, deren weißes Licht wir beide so liebten. Und dann hat er mich auch noch überredet, zu »unserer« Schirmakazie am Ufer des ausgetrockneten Flusses zurückzukehren. Dort schlug der geduldige Listige vor, noch einmal den »Mund voll Erde« zu schlucken und die Freundschaft mit denen neu zu beschwören, die ich auf meine Safari nach Europa mitgenommen hatte. Es geniert mich immer noch, dass ich erst beim Schreiben das fehlende Stück vom Mosaik meiner Vergangenheit gefunden habe: Es sind nicht allein die schwarzhäutigen Afrikaner, von denen ich mich ein Leben lang nicht habe trennen können. Wie konnte ich so lange glauben, Luis de Bruin, der herzliche Bure mit dem Temperament eines Vulkans, und Kinghorn, der belesene Sonderling mit der klassischen Bildung, würden Ruhe geben, wenn ich nur die Erinnerung an sie energisch genug zurückdrängte?

Auch dann, wenn meine Augen die Farben des Tages von denen der Nacht nicht mehr unterscheiden können und die Nase sich doch noch den Duft der Blumen im Hochland von Kenia hat stehlen lassen, werde ich Kinghorns imponierende Gestalt so deutlich sehen, als wäre mir Ol' Joro Orok zeit meines Lebens Heimat geblieben und wir beide würden immer noch in das Tal der Nandi reiten und auf dem Weg dorthin von Pegasus fabulieren, dem geflügelten Dichterross. Besonders stark aus dem Schatten der Zeit schält sich ein Tag im Juni 1942 heraus.

»Bwana Simba ist da«, rief Owour aus der Küche, »ich werde seine große Tasse suchen.«

Kinghorn, nach dem Löwen benannt, der ihm bei einer Jagd in jungen Jahren die Kraft seines linken Beins raubte, saß in einem zerschlissenen Khakihemd, an dem schon bei seinem Besuch zuvor alle Knöpfe gefehlt hatten, auf Cream-cracker; er schaute ernst aus und wirkte gar ein wenig verlegen. Mein Vater und ich eilten aus dem Haus, um den Mann zu begrüßen, der uns im Laufe von nur drei Regenzeiten Herzensfreund und Vorbild in Sachen afrikanischer Gelassenheit geworden war. Kinghorn war gerade dabei, dem cremefarbenen Hengst eines jener Geheimnisse ins Ohr zu flüstern, die ein Mann seiner Prägung nur mit Pferden und Hunden teilt.

Damals hatte uns Kinghorn so lange nicht besucht, dass wir immer wieder im einzigen Laden von Ol' Joro Orok bekümmert nach ihm gefragt hatten, doch weder der indische Händler noch seine Kunden wussten Bescheid; der von uns verehrte Sonderling hatte noch nicht einmal durch einen Boten die Briefchen geschickt, mit denen er sonst wissen ließ, dass es ihm und seinen Pferden gut ging. Wegen der Anstrengung für Ross und Reiter auf den von der Hitze gerissenen Straßen und Pfaden hatten wir ihn trotz seiner langen Abwesenheit aber nicht vor Ablauf der Trockenzeit erwartet – und schon gar nicht so kurz nach Sonnenaufgang. Selbst wenn er einen Teil der Strecke im Galopp ritt, was er nur in Ausnahmefällen zu tun pflegte, brauchte er sechs Stunden von seiner Farm zu unserer.

Kinghorn ähnelte, weil er sich kaum bewegte und noch

nicht einmal zu atmen schien, einem mir sehr imponierenden Reiterstandbild in Breslau, das per Postkarte mit uns von Deutschland nach Kenia gereist war. Er rief mit so kräftiger Stimme »Jambo«, dass Owour, der in der Küche immer noch nach der einzigen großen Tasse im Hause suchte und der just in diesem Augenblick schimpfend den Affen Toto als Dieb des Bechers überführt hatte, ihm verblüfft Antwort gab. Meiner Mutter, die Kinghorn mit der Kaffeekanne ins Haus zu locken versuchte, winkte er ungewöhnlich feierlich zu; er nannte sie statt »Memsahib«, wie es alle auf der Farm taten, »Madame« und sprach das Wort auch noch französisch aus. Dann setzte er, was er sonst nie vor Sonnenuntergang tat, seinen zerlöcherten braunen Filzhut ab und kratzte sich am Kopf.

»Schauri gani?«, fragte mein Vater.

Kein Mensch, vom Kind bis zum Greis, weder die schüchternen jungen Mädchen, die Fremde statt mit dem willkommenen Jambo-Ruf der Gastfreundlichen nur kichernd begrüßten, noch die Frauen, die vor den Hütten kochten und ihre Kinder stillten, und schon gar nicht die Männer bei der Arbeit konnten diesen beiden Suaheliworten widerstehen. »Schauri gani?« galt nicht nur dem Wohlergehen des Gesprächspartners und den Neuigkeiten des Tages. Diese meistgestellte Frage lediglich wortgetreu mit »Was gibt's Neues?« zu übersetzen kam nur den Neueinwanderern nach Kenia in den Sinn. Wer die Einsamkeit Afrikas noch nicht kannte, hatte noch kein Empfinden für seine neugierigen und kontaktfreudigen Menschen. Erst wer ihre Freude an Gesprächen, Diskussionen und Witzen spürte, vermochte zu begreifen, wie aus einer simplen Frage – je nach Betonung der Antwort und der Länge der Bedenkzeit – entweder eine unendlich lange, beseligende Unterhaltung oder ein ganz kurzer, heftiger Krieg werden konnte. Solange meine Eltern lebten und wir die Erinnerung an Kenia miteinander teilen durften, ist keiner von uns je nach Hause gekommen, ohne die Wohnungstür in der Erwartung einer ausführlichen Tageschronik aufzureißen und in der Diele »Schauri gani?« zu brüllen.

Er hätte, erzählte Kinghorn, zum ersten Mal in seinem Leben nicht schlafen können. »Die ganze Nacht habe ich die Fliegen an der Wand gezählt«, erinnerte er sich.

»Bist du krank, Bwana Simba? Was ist denn passiert?«

»Ich weiß nicht mehr, wie der Hund vom Odysseus heißt. Glaub mir, das hat mich wirklich krank gemacht.«

»Argus«, tröstete mein Vater. »Mein Gott, wie lange habe ich nicht mehr an Odysseus gedacht. Sein Sohn hieß Telemach. Hörst du, Owour, Telemach. Probier mal das schöne Wort. Es wird dir gefallen.«

»Und sein Pferd?«, bohrte Kinghorn, ohne das Lachen auch nur mit einem Lächeln zu erwidern.

»Das war doch aus Holz, mein Freund. Hölzerne Pferde bekommen keine Namen. Ich glaube, sie können nicht besonders gut hören. Sag nur, das hast du auch vergessen?«

»Je älter ich werde, desto mehr Mühe muss ich mir geben, solche Nebensächlichkeiten wie Kränkungen und Krankheiten zu vergessen und nicht ausgerechnet das, was ich mir behalten will«, erklärte Kinghorn. »Da kann es schon mal vorkommen, dass die Dinge durcheinander geraten. Ich werde beispielsweise in diesem Leben nicht mehr dahinter kommen, weshalb ich mir den Namen meiner Frau gemerkt habe. Jane hieß sie. Wenigstens habe ich vergessen, weshalb sie mir weggelaufen ist. Leider weiß ich aber auch nicht mehr, wer den Ärger mit seinem verdammten Fuß hatte.«

»Mit der Ferse«, jubelte ich, begeistert, dass ich endlich

mitreden konnte. »Das war Achilles, Bwana Simba. Jogona kennt ihn auch. Wir reden viel von Achilles, wenn ich aus der Schule nach Hause komme und Jogona meine Geschichten hören will. Er hat ihn sehr gern. Ich hab' ihm erzählt, Achilles war ein Kikuyu.«

»Und das hat er geglaubt?«

»Nein«, gab ich zu, »aber ich kann ihm doch nicht immer sagen, dass alle tapferen Männer Massai waren.«

In dieser Nacht, während ich vor dem brennenden Kamin auf der Erde einschlief und meine Mutter Knöpfe an Kinghorns Hemd nähte und ihm versprach, einen Streuselkuchen zu backen, weil der ihn immer besonders begeisterte, redeten er und mein Vater ausschließlich über den Trojanischen Krieg und die Reisen des Odysseus. Beide hatten in der Schule Griechisch gelernt und ein exzellentes Sprachgedächtnis. An diesem Abend lachten sie viel; sie waren ausgelassen wie Schuljungen vor den Sommerferien. Der eine rezitierte Homer mit seiner deutschen Aussprache, der andere mit englisch nasaler. Als der Mond hinter den Wolken verschwand, ließ mein Vater Odysseus nach Breslau heimkehren, Penelope servierte ihm abends Mohnklöße. Kinghorn führte den weit gereisten Listigen zu dem einsam gelegenen Gelände zwischen Ol' Kalou und Ol' Joro Orok zurück und stellte ihm jedes seiner Pferde mit Namen vor. Kurz vor Morgengrauen wurden sich beide einig, dass Odysseus ein Kikuyu gewesen war. Ich erwachte, als Kinghorn gerade erklärte: »Die Kikuyu sind immer die Klugen.«

Bis heute, wenn ich an Kinghorn denke, sehe ich ihn auf seinem beigefarbigen Pferd sitzen, sehr aufrecht und gedankenverloren zu den Zebraherden am Horizont blicken. Ehe es Nacht wird, setzt er sich an unseren Kamin und betrachtet das Bild vom Breslauer Rathaus. Er reibt seine großen

Hände aneinander, hält sie den Flammen entgegen und erlaubt dem Affen Toto, in seine Hemdtasche zu kriechen. Nach all den Jahren hat er immer noch wunderschönes weißes Haar und, sobald er seine unermüdlichen Begleiter aus der klassischen Literatur herbeizitiert, eine sehr melodische Stimme.

Kinghorn war nach Jogona der zweite Mann, in den ich mich verliebte. So richtig voneinander getrennt haben wir uns nie. Er mochte das Wort für Abschied in keiner Sprache; war die Zeit gekommen, galoppierte er, ohne sich umzudrehen, davon. Es stimmt mich melancholisch, dass es mir nach dem »Mund voll Erde« nicht mehr gelungen ist, diesem philosophischen Freund der frühen Jahre den Platz in meinen Afrikabüchern zu verschaffen, der ihm gebührt. Kinghorn, der zu allem außer dem Streuselkuchen meiner Mutter »Es ist genug« zu sagen pflegte, hat sich in seiner Bescheidenheit mit der Premiere begnügt und sich heftig gegen alle meine Bitten gewehrt, abermals aus dem Schatten der Vergangenheit aufzutauchen und mit mir auf Safari zu gehen. Kaum erzählte ich in meinem autobiografischen Roman »Nirgendwo in Afrika« vom Umzug meiner Familie nach Ol' Joro Orok, lief ich beglückt zu dem Hügel mit dem alten Affenbrotbaum. Ich schaute ins Tal mit den Hütten der Nandi und rief nach Kinghorn. Er ist auch gekommen, hat seinen Kopf auf Creamcrackers breiten Nacken gelegt und auf sein steifes Bein gedeutet. Nie mehr ist er vom Pferd abgestiegen.

Als in meinem Buch »… doch die Träume blieben in Afrika« gleich zu Anfang ein Mann in der Bar vom Norfolk-Hotel in Nairobi saß, der Kinghorn verwirrend ähnlich sah und auch so redete und dachte wie er, war ich ganz sicher, nun würde sich mein inspirierender Freund überreden lassen, mit mir wieder die Weite des geliebten Hochlands zu erleben – doch ohne überhaupt nach dem Thema des Buchs zu fragen, ist der Kumpan der gestorbenen Tage in das nie vergessene weiße Licht geritten. Beim Abschied blendet es die Menschen mit dem Salz der Trauer in der Kehle so sehr, dass sie die Tränen in den Augen des anderen nicht sehen. In »Karibu heißt willkommen« hat Kinghorn noch nicht einmal mehr sein Gesicht gezeigt. Ein solches Verhalten empfinde ich immer noch kurios für den Mann, der überhaupt nicht wusste, wie ein Mensch den anderen kränkt, und der nur sehr selten Nein zu sagen pflegte. »Das Wort für Ja ist doch so viel schöner«, brachte er mir bei. »Und kürzer. Es streichelt die Ohren des Menschen, mit dem du sprichst.« Ja heißt in Suaheli »ndiu«, Nein »hapana«.

Weshalb ich erst jetzt an den Trojanischen Krieg in der langen Nacht von Ol' Joro Orok denke? Als ich »Ein Mund voll Erde« schrieb, machte ich mir nicht klar genug, wie charakteristisch das mitternächtliche Gespräch über Achilles und Odysseus für Afrika und auch für die Situation von Menschen war, die sich in der Gegenwart nicht heimisch fühlten. Genau weiß ich indes noch, weshalb und wie bewusst ich in meinem ersten Afrikabuch allen Menschen, die die Bühne betraten, ihre Namen ließ, das Mädchen in der Hauptrolle jedoch Vivian nannte. Ich wollte jede Ähnlichkeit mit ihr leugnen. Es betrübte mich, dass sie Afrikas narkotisierenden Zauber und die Liebe zu ihrem Vater so tief in ihr Herz ließ. Ich wusste zu gut, wohin solche Bindungen führten. Mit fremdem Namen und ohne verräterisches »Ich«, so machte ich mir weis, wäre ich beim Schreiben davor geschützt, mich dem Land meiner Sehnsucht noch stärker auszuliefern als in all den Jahren davor.

Mit sämtlichen afrikanischen Beschwörungen, die ich kannte, suggerierte ich mir, »Ein Mund voll Erde« würde allenfalls ein winziger Teil meiner Biografie werden. Sorgsam entwarf ich die einzelnen Paragrafen des Vertrags: Vivian und ich waren nicht verwandt. Wir kannten uns recht gut, hatten die gleichen Präferenzen, liebten beide Jogona, Kinghorn und vor allem unseren Vater – und den so sehr, dass wir zu früh ein zu starkes Bedürfnis entwickelten, ihn zu beschützen. War für uns beide die Zeit der Trennung gekommen, so versprach ich dem Mädchen mit dem vornehmen englischen Namen, den ich mir im englischen Internat immer gewünscht hatte, könnten wir ohne Schmerz voneinander Abschied nehmen. Bis das Buch erschien, erwies sich meine juristisch so gut abgesicherte literarische Lüge als sehr nützlich und durchaus inspirierend.

Zunächst hat es mir nämlich tatsächlich gereicht, noch einmal acht Jahre alt zu sein, mit Jogona im Gebüsch am ausgetrockneten Fluss zu sitzen und die rote Erde durch die Finger rieseln zu lassen. Als hätte ich die Folgen nie erlebt, hat mich im ursprünglichen Wortsinn der Jubel eines glückstrunkenen Kindes gefesselt. Alle drei Monate holte der hünenhafte Bure Luis de Bruin seine vier maisblonden Söhne, die schweigsame Tochter Anna und mich von der ungeliebten Schule in Nakuru ab und brachte uns heim nach Ol' Joro Orok. Bewegt hörte ich den lebenstrunkenen Mann auf dem Weg zu unserer Farm jenes Lied vom Transvaal singen, das mir heute noch Tränen in die Augen treibt. Und immer noch wollte ich es nicht wahrhaben, dass ich so wehrlos wie noch nie in allen Fangarmen meiner Vergangenheit zappelte. Jogona hatte sich geirrt. Noch an unserem letzten gemeinsamen Tag hatte er behauptet, tote Tage würden nie mehr aus der Erde kriechen.

Übrigens hat sich de Bruin mir gegenüber ebenso widerspenstig verhalten wie Kinghorn. Er hat sich nur für ein einziges meiner Bücher zurück aus dem Vorgestern bitten lassen. Wie bei Kinghorn empfinde ich das als eine Niederlage, denn von de Bruin habe ich bereits als Neunjährige mehr gelernt als die meisten Menschen in ihrem ganzen Leben. Zum Beispiel um zwei Uhr morgens nachtschwarzen Kaffee zu trinken; nicht ohne Messer und ein Stück getrocknetes Fleisch (Biltong) auf Safari zu gehen; geblümte Mokkatassen aus feinem Rosenthal-Porzellan als Geschirr für grüblerische Weichlinge mit Magenproblemen zu verachten und Engländern, Menschen, die zu viel lesen, und solchen Hunden nicht zu trauen, die einen Fremden sofort schwanzwedelnd begrüßen. Schließlich habe ich von Meister de Bruin gelernt, in eine Schüssel mit Bonbons zu greifen und statt dem einen angebotenen gleich fünf zu nehmen, ohne dass es die gastfreundliche Hausfrau merkt. »Und«, gebot er mir jedes Mal, wenn wir allein waren, »lass deinen Vater nie wissen, wie sehr du Afrika liebst.«

Nachdem ich die ersten Kapitel von »Ein Mund voll Erde« geschrieben hatte, waren mir Jogona und de Bruin so nahe, als hätte ich nie von ihnen Abschied nehmen müssen. Es berauschte mich, wie leicht es war, bei Sonnenaufgang mit Kinghorn in die Farbenpracht und Fülle meiner Herzensheimat auszureiten. Endlich sah ich den Teil des Waldes wieder, der so lange vom grauen Nebel des Vergessens überzogen gewesen war. In der Lichtung standen die Impala, die Jungen mit Augen sanft wie Samt. Ich war zehn Jahre alt und erlebte zum ersten Mal, dass ein Mensch nicht nur dann weint, wenn er traurig ist.

Die Hochstimmung, als die gestorbenen Tage zu neuem Leben erwachten, hielt bis zur letzten Seite an. Während der Verkehrslärm einer viel befahrenen Frankfurter Bundesstraße in meinem Arbeitszimmer tobte, roch ich die Rosen und Feuerlilien im Garten vor dem Holzhaus in Ol' Joro Orok und hörte die Bienen in der Mittagsglut summen. In der Nacht, wenn ich mich nicht zu entscheiden brauchte, ob ich in Deutschland oder Kenia war, verhandelte ich mit Mungu. Den Gott auf dem schneebedeckten Berg bat ich, mir die Freude des Schreibens nicht vor der Zeit zu nehmen. Solange ich meine Schreibmaschine mit meiner Sehnsucht fütterte, habe ich keinen Moment die Möglichkeit bedacht, die alte Geschichte könnte wieder von vorn beginnen. Kaum lag »Ein Mund voll Erde« jedoch in den Buchhandlungen, ist genau dies geschehen. Auf einen Schlag war so viel von Afrika die Rede wie noch nie seit der Rückkehr meiner Familie nach Deutschland. Menschen, die ich nicht kannte, riefen an, um mir zu erzählen, dass sie Gilgil kannten und auch oft in Thomson's Falls gewesen seien. Andere hatten in Kitale oder Nairobi, in Kisumu und Mombasa oder in Daressalam und Arusha gelebt; sehr viele erzählten von den Ajas, die ihre Kinder betreut hatten. Die meisten wollten von mir wissen, weshalb sie sich nie »so ganz« an Deutschland hätten gewöhnen können. Sie fragten mich nach Ol' Joro Orok und begehrten rückhaltlos Auskunft. Was war aus der Farm geworden, hatte ich noch Kontakt zu Jogona und »diesem ulkigen Buren« und seiner Tochter? Wie war es dem alten »Mann auf dem schönen Pferd« ergangen, wie dem kleinen Pavian?

»Er hieß Toto«, sagte ich mechanisch.

»Das steht doch im Buch«, wiesen mich die anonymen Seelenverwandten am Telefon zurecht, »Toto heißt Kind.«

»Das steht auch in dem Buch«, triumphierte ich mit Jogonas Stimme.

»Und was ist aus der Frau geworden, die Sie aus dem Haus getrieben haben? Das fand ich gut so. Meine Tochter hätte sich das nicht getraut.«

»Hanna«, sagte ich, »die habe ich erfunden. Also fast. Die Einzige in dem Buch.«

Die Afrikasüchtigen schrieben lange Briefe, in denen sie mich mit »Memsahib« anredeten. Sie schickten vergilbte Fotos von Farmen, die ihnen gehört hatten und die bereits nach dem Ersten Weltkrieg Erinnerung gewesen waren. Sie nannten Orte und Namen, sprachen von Kenia, meinten aber Tansania, erzählten von Uganda und wollten mir nicht glauben, dass ich nie in Windhuk gewesen bin. Sie fragten mich, ob ich Kusine Gerda, Onkel Hans oder Tante Gretchen nicht mal begegnet wäre. Sie riefen »Jambo« ins Telefon und »Kwaheri«, wenn sie den Hörer einhängten. Ein energischer junger Mann von zehn Jahren fragte mich morgens um sieben mit strenger Direktorenstimme, ob ich beschwören könnte, dass ich Ameisen gegessen hätte.

»Ndiu«, sagte ich, »und jetzt hast du gerade Suaheli gelernt. Ndiu ist ein schönes Wort. Es streichelt die Ohren von dem Menschen, mit dem du sprichst.«

Der forschende Knabe war schon ein Mann, einer, der sein Lebtag nur begreifen würde, was er sehen, essen und anfassen konnte. »Wie schmecken Ameisen?«, bohrte er.

»Ich weiß es nicht mehr«, log ich, als ich einen säuerlichen Geschmack im Mund spürte. Ausgerechnet nach diesem Gespräch begriff ich – und dieses Mal endgültig –, dass mein Gebet um ein geschütztes Herz nicht mehr erhört werden würde. Mungu hatte mir nicht nur die Folter eines guten Gedächtnisses gelassen. In schlaflosen Nächten und in Tagträumen, die mich attackierten wie Zecken einen Hund im hohen Gras, raunte mir der durchtriebene Versucher fortan zu, dass die Distanz zwischen Frankfurt und Nairobi nur acht Flugstunden betrage. »Ohne Zwischenlandung«, lockte er, »und von Rhein-Main gibt es tägliche Departures.«

Dieser Gott, von dem ich stets geglaubt hatte, er würde, wenn überhaupt, mit den Seinen nur Kikuyu sprechen, redete unverfroren und von Mal zu Mal souveräner das allerneueste Pilotenlatein. Auch wusste er erstaunlich gut über die einem Redakteur zustehenden Urlaubstage Bescheid. Er kannte auf Heller und Pfennig meine finanzielle Situation und genierte sich nicht, die meines Lebensgefährten zur Sprache zu bringen. Methodisch sorgte er dafür, dass ich beim Zeitunglesen statt auf kulturbedeutsame Kritiken in den Feuilletons permanent auf Inserate für Reisen nach Kenia stieß und auf Berichte von Journalisten, die dort gewesen waren und die von Sonnenuntergängen, Nashörnern und Löwen schwärmten, als hätten die Schreiber Afrika eben erst entdeckt. »Mein« Mungu scheute sich keinen Deut, einem Menschen, der ihm seit seiner Kindheit alles anvertraut hatte, die Ruhe von Herz und Seele zu stehlen. Der infame Herausforderer raubte mir gar die Freude, als »Ein Mund voll Erde« auf die Auswahlliste des internationalen Hans-Christian-Andersen-Preises kam.

Es war, seitdem ich unmittelbar nach meinem siebten Geburtstag aus dem Paradies verstoßen worden und ohne Sprachkenntnisse in einem englischen Internat gelandet war, das erste Mal, dass Mungu und ich uns länger als eine Woche uneinig waren.

Nur war die Situation dieses Mal eine vollkommen andere. Ich war nicht das im Entsetzen verstummte Kind, das nie mehr an die Gerechtigkeit der Welt glauben sollte. Seitdem hatte ich durchaus gelernt, wie sich die Entschlossenen gegen die Zumutungen des Lebens aufzubäumen haben, damit sie nach einem Sturz nicht liegen bleiben. Fluchend drohte ich nun meinem Götterfreund, ich würde nie wieder ein Buch schreiben, das mich nach Afrika führte. Mein Lebtag wollte ich kein Wort Suaheli mehr sprechen – noch nicht einmal in der geliebten Sprache denken! Mit fest aufeinander gebissenen Zähnen schwor ich, nie mehr dem Zwang nachzugeben, in jedem Atlas als Erstes Kenia aufzuschlagen und den Äquator zu suchen. Ein befreundeter Ingenieur, der uns einmal auf der Farm besuchte, hatte behauptet, dass unser Haus in Ol' Joro Orok nördlich vom Äquator lag, das kleine, mit bayerischen Herzen verzierte Gebäude mit der Toilette südlich.

In Frankfurt pflegte mein Vater bereits nach dem zweiten Glas Wein zu erzählen: »Keiner hat so oft den Äquator überquert wie ich. Das verdanke ich alles Hitler und meiner schwachen Blase.«

Ausgerechnet die Geschichte von unserer jahrelangen täglichen Äquatorüberquerung hat René fasziniert. René war der Mann, den ich in meinem zweiten Leben liebte. Wir haben vierzig Jahre miteinander geteilt und keinen Tag bereut. Er hatte den Humor, die Güte, die Toleranz – und leider auch das Alter – meines Vaters, Kinghorns Gelassenheit, Jogonas Schweigsamkeit und auch den Schneid, genau wie einst der dominante Kikuyuknabe zu behaupten: »Alle Frauen reden zu viel.« Er hatte lange in Holland gelebt und, ähnlich wie ich, viele seiner Wurzeln in der Erde seiner zweiten Heimat. Wenn er mit seinen Freunden aus Amsterdam sprach, konnte es geschehen, dass ich plötzlich die stets ein wenig heisere Stimme von de Bruin hörte.

Obwohl René jedes Kapitel von »Ein Mund voll Erde« las, sobald ich es geschrieben hatte, und das fertige Buch zwei

Mal hintereinander, konnte er sich Afrika nicht vorstellen. Das Treffen zwischen Stanley und Livingstone in Udschidschi hielt er nicht für das achte Weltwunder, sondern ein schönes Beispiel für die geglückte Synthese von Männerphantasie, Organisationstalent und Genauigkeit. Schon weil er in seinem Alltag solche Komponenten gut zu mobilisieren verstand, war René weder durch meinen Pessimismus in Kombination mit den entsprechenden Erfahrungen noch durch Logik von dem Gedanken abzubringen, ihm würde es bestimmt gelingen, die Farm in Ol' Joro Orok zu finden.

»Verstehst du nicht, ich musste als Zwölfjährige von dort fort. Und schon damals hatte ich überhaupt keinen Orientierungssinn. Ich höre heute noch meine Mutter ›Nimm bloß den Hund mit!‹ rufen, wenn ich nachts aufs Klo musste. Allein habe ich den Weg ins Haus nicht zurückgefunden. Wie soll ich da die Farm wieder finden?«

»Jetzt weiß ich endlich, weshalb du dir diesen nichtsnutzigen Dackel angeschafft hast«, sagte der Mann, der, genau wie Jogona, die Gabe hatte, seinen Ohren allzeit eine selektive Auswahl des Gehörten zu befehlen. Meine Einwände gegen eine Reise nach Kenia mochte er sich nie länger als zwei Tage zu merken.

»Und die Enttäuschung«, jammerte ich, »die bleibt doch nicht aus. Was werde ich sagen, wenn nichts mehr ist, wie es war? Dornröschen war die Ausnahme. Da ging nach hundert Jahren Schlaf das Leben im Schloss wie am Schnürchen weiter. Der Koch hat sich sogar erinnert, weshalb er den Lehrling ohrfeigen wollte, und hat zugehauen. Aber ich habe nie an Märchen geglaubt.«

»Interessant«, sagte René. »Irgendwann musst du mir mal verraten, weshalb ausgerechnet du das behauptest.«

Fünf Wochen nach diesem Gespräch, das mir nach all den

Jahren typisch für eine Liebe erscheint, die sich nie an Gegensätzen oder Missverständnissen aufrieb, standen wir an der Rezeption des Westwood Park Hotel in Nairobi. Am ersten Tag war ich vom Wiedersehen geblendet, erstarrt und in meiner Seligkeit verstummt, war wieder das verschüchterte Kind, das allzeit damit rechnete, von neidischen Göttern aus schönen Träumen gestoßen zu werden. Am zweiten war ich so weit genesen, dass ich morgens die Hauptstraße und mittags die Markthalle wieder erkannte. Abends redete ich mit dem Kellner Suaheli. Er fragte mich, als er merkte, dass nur einer von den zweien am Tisch seine Sprache beherrschte, ob ich nach dem Essen nicht mit ihm tanzen gehen wollte und ein Schlafmittel für meinen Mann brauchte. Dem klopfte er herzhaft auf den Rücken und nannte ihn Mzee. Das Wort galt den alten Männern. Es war stets wahr und oft auch respektvoll. Jomo Kenyatta, der Freiheitskämpfer und damals Staatspräsident, wurde Mzee genannt.

»Wie schön, dass der Kellner so fröhlich ist«, sagte René, »verstehst du eigentlich alles, was er sagt?«

»Das meiste.«

Am dritten Tag lernten wir durch die Vermittlung des aus Wien stammenden Hotelmanagers einen stolzen jungen Kikuyu kennen. Er hieß Joseph, sprach ein ausgezeichnetes Englisch und war Fahrer für eine Gesellschaft, die auf Jagd- und Foto-Safaris im Hochland spezialisiert war. Selbstbewusst zählte Joseph seine Vorzüge auf; er erwähnte erst seine guten Augen und dann seine guten Nerven, doch er war fassungslos, dass wir ausgerechnet nach Ol' Joro Orok wollten. Seine Augen verengten sich zu Schlitzen, die Nasenflügel bebten. Ohne ein Wort zu sagen, faltete er die Straßenkarte auseinander. Ol' Joro Orok war, genau wie in den vierziger Jahren, nicht eingezeichnet.

»Ich suche dort die Farm, auf der ich als Kind gelebt habe«, stammelte ich.

»Die Farm von deinem Vater?«, fragte Joseph. Er starrte René feindselig an.

Erst als er erfuhr, dass mein Vater vor zwanzig Jahren gestorben war, dass die Farm uns nie gehört hatte und ich sie ganz bestimmt nicht zurückzufordern gedachte, gestand Joseph dass er wusste, wo Ol' Joro Orok lag. »Okay«, sagte er, »let's go.«

Wir grübelten, ob er preußische Ahnen hatte; wir mussten einen Vertrag unterschreiben, dass wir das Auto samt Fahrer für zwei Wochen mieten wollten. Ansprüche auf Löwen, Leoparden und Straßen ohne Schlaglöcher hätten wir nicht. Mündlich mussten wir zusichern, dass wir die Safari auch dann nicht abbrechen würden, wenn einer von uns beiden unterwegs starb. Am nächsten Morgen führte uns der Mann mit dem Weitblick noch vor Sonnenuntergang zu einem frisch geputzten weißen Ford.

»In Ol' Joro Orok«, sagte ich auf Suaheli, als wir aus Nairobi herausfuhren, »waren wir sehr arm. Mein Vater hat seine Schuhe aus dem Gummi von alten Reifen geschnitten.«

»Was erzählst du ihm?«, wollte René wissen. »Wirst du jetzt auf der ganzen Reise hinter meinem Rücken reden?«

»Ich glaube ja. Du musst nur Suaheli lernen. Dann kannst du hier mit allen Menschen sprechen. Das hat mir mein Vater vor der Auswanderung geschrieben. Den Brief habe ich noch heute.«

Der erste Satz, den ich mit Joseph in seiner Sprache redete, überzeugte ihn, dass der Kampf seiner Stammesbrüder um Kenias Unabhängigkeit nicht meiner Familie gegolten hatte. »Kwenda, Safari!«, lachte er von da ab jeden Morgen, wenn er uns von den Lodges abholte.

Es machte ihm sichtbar Freude, dass es uns nicht darum zu tun war, Massai im Kriegschmuck, Elefantenkühe mit Jungen und Löwen auf den Felsen zu fotografieren. Der Mann, den wir erst nach einer Woche überreden konnten, sich beim Picknick am Mittag zu uns zu setzen und nicht verlegen unter einen anderen Baum, begriff instinktiv, was mich nach Kenia getrieben hatte. Weil meine Liebe zu seinem Land seinen Stolz nährte, wurde er neugierig, und am Ende der Safari wusste er mehr von meinem Leben als Kollegen, mit denen ich seit Jahren zusammenarbeitete.

Joseph liebte Überraschungen. Bereits am ersten Tag fuhr er einen steilen Berg hinauf, den ich zu erkennen glaubte. Er hielt vor einem Gebäude mit weiß getünchten Mauern. Drei Mädchen in tintenblauen Röcken, mit Augen junger Gazellen und Zähnen, weiß wie ihre Blusen, standen unter einem Pfefferbaum. Den habe ich tatsächlich erkannt.

»Meine alte Schule«, schluckte ich, »woher hast du das gewusst?«

»Ich habe dich im Spiegel vom Auto gesehen, als wir in die Nähe von Nakuru kamen. Deine Augen haben die Tage gesucht, die schon lange tot sind.«

»Danke, Joseph. Ich werde nie vergessen, dass meine Augen für dich ein Buch waren.«

»Und ich werde deine Worte für mich nicht vergessen.«

Nachmittags saßen wir am Ufer das Nakurusees, zu dem ich in meiner Schulzeit sehnsüchtig geblickt und Mungu gebeten hatte, mich in einen Flamingo zu verwandeln. Aus dem unglücklichen Kind war eine Frau geworden, die nun den Weisen anflehte, er möge die Zeit anhalten. Bis zu meinem letzten Atemzug wollte ich am Ufer sitzen, die salzige Luft riechen und die Pelikane fischen sehen, doch Mungu schüttelte den Kopf und sagte: »Hapana.« Joseph stand auf und klatschte; er wusste, dass Menschen aus Europa rosa Wolken für besonders romantisch und fotogen hielten. Die Flamingos flogen hoch. Ehe sie wiederkehrten, mahnte der Vogelbändiger zum Aufbruch. Sein Eifer, die Farm von Ol' Joro Orok zu finden, war ebenso groß geworden wie unserer.

»Sie hat einem Mann in Nairobi gehört«, repetierte er im Ton eines fleißigen Schülers. »Wie hieß er?«

»Gibson«, sagte ich und lachte, denn es machte mich fröhlich, dass Joseph Fragen stellte, deren Antwort er kannte.

Seit der Tankstelle in Gilgil, die wir zwei Stunden später erreichten, weiß ich, dass das Wunder von Udschidschi doch nicht einmalig war. Eine einzige Frage an den einzigen Menschen, den wir in Gilgil sahen, hat gereicht, um sichtbar zu machen, dass in Afrika das Unmögliche jederzeit möglich ist. Der Mann, ein greiser Inder, sah aus, als hätte er noch nie neben der Zapfsäule gestanden. Er kannte nicht nur die Farm in Ol' Joro Orok und konnte den Weg dorthin beschreiben. Als junger Mann hatte er in Gibsons Essigfabrik in Nairobi gearbeitet und war einmal sogar auf der Farm gewesen.

»Das war«, sagte er, »bevor das Haus abbrannte.«

Ich bin dem alten Mann bis heute dankbar, dass er mich davor bewahrt hat, die Stätte zu suchen, die mir Elternhaus war. Hätte ich das Haus ohne die Hilfe eines Hundes überhaupt erkannt? Der Weg dorthin war von Gras überwuchert, die Farm von Stacheldraht umzäunt. Der alte Wassertank stand noch, aber es gab die Hütten nicht mehr, in denen Jogona und Owuor, Kimani und Warimu gelebt hatten. Ich sah keine Ochsen und keinen Pflug, hörte nur Hühner gackern, fühlte weder Wehmut noch Schmerz. War dies die Endstation der Sehnsucht? Ich wusste noch nicht einmal, ob es die Farm war, die ich suchte.

»Wo sind die Menschen, die hier leben?«

»Wir müssen weg«, drängte Joseph und wischte Schweiß von seiner Stirn, »sie werden dir die Geschichte von den Schuhen deines Vaters nicht glauben. Die Leute hier wissen noch nichts von den Safaris der neuen Zeit. Sie werden mit einem Messer denken, weil sie glauben, dass du dein Land wiederhaben willst.«

»Hast du nicht verstanden, Joseph? Es war nie mein Land.«

»Ich habe verstanden«, sagte Joseph, »aber ich bin nur ein Mann. Ich wohne nicht hier.«

Wir waren nicht angekommen und schon wieder im Aufbruch. Da sah ich vor dem Zaun das winzige Häuschen. Es war von Regen und Wind und der Zeit gebeutelt, die Wände hatten Brandspuren, das Dach kein Gras mehr. Die Tür war jedoch unversehrt. Selbst der Riegel saß noch fest. Deutlich zu erkennen waren zwei geschnitzte Herzen. Sie nahmen mir erst den Atem und dann den Zweifel. Ich stand auf der roten Erde der Farm, die ich nicht aus meinem Herzen reißen kann, und hörte meinen Vater.

»Wenn wir schon nichts behalten durften«, hatte er gesagt, als das Klo gebaut wurde und er die Herzen schnitzen ließ, »wollen wir doch wenigstens beim Pinkeln mit Freude an die alte Heimat denken.«

Ich erzählte René die Geschichte im Auto. Es tat gut zu lachen, wenn man soeben die Hoffnung verscharrt hatte, wenigstens die Spuren von geliebten Menschen wieder zu finden. Ich rechnete aus, wie alt wohl Owour, Kinghorn und de Bruin wären. Meine Sentimentalität und meine Torheit beschämten mich. Wie hatte ich hoffen dürfen, einen von ihnen wieder zu sehen? Jogona aber, der in der Nacht seiner Beschneidung von Amor ins Herz geschossen wurde, war so alt wie ich. Erst in diesem Moment begriff ich, dass Vivian und er einander nicht erkannt hätten. Der Traum von der Heimkehr war vorbei.

»Warum hast du den Mzee geheiratet?«, fragte Joseph. Es war nicht der Altersunterschied, der ihn interessierte, es war die Lust, mit Worten zu spielen, die von dreien nur zwei verstanden.

»Was hat er gesagt?«

»Er hat gesagt, dass wir in Naivasha übernachten sollen, René. Er kennt ein Hotel am See.«

Ich hatte doch nach Hause gefunden. Am süßen Geschmack der Lüge, die den beschützt, den man liebt, erkannte ich meine alte Heimat.

Ein Mund voll Erde

1

Alle auf der Farm wussten, dass Vivian und Jogona Freunde waren. Jogona war schwarzhäutig und aus dem Stamm der Kikuyu, Vivians Haut war weiß, und sie war in Deutschland geboren. Jogona wusste nichts von Deutschland, aber er wusste sehr genau, wie dumm Vivian gewesen war, als sie auf die Farm kam. Damals konnte sie noch nicht einmal die Sprache der Menschen in Kenia, nämlich Suaheli. Jogona fühlte sich groß und wichtig, wenn er daran dachte.

Er war noch aus einem anderen Grund stolz. Sein Vater Kimani war Aufseher auf der Farm. Wenn die Nachmittagssonne einen Schatten auf die dritte Rille des Wassertanks warf, schlug Kimani mit einer Eisenstange gegen den Tank, und alle hörten sofort mit der Arbeit auf.

Jogona und Vivian saßen schon immer lange vor der Zeit unter der alten Dornakazie, denn um nichts in der Welt hätte Jogona dieses Schauspiel verpasst. Kimani war gerade dabei, gegen den Tank zu schlagen. Danach würde er das Maismehl verteilen, aus dem der dicke, weiße Brei, Ugali genannt, gekocht wurde.

»Das ist mein Vater«, sagte Jogona.

»Das ist dein Vater«, bestätigte Vivian.

In Ol' Joro Orok, der kleinen Ortschaft, in der die Farm lag, sagte man gerne Dinge, die bekannt waren. Nie hätte

Vivian auf den Satz »Das ist mein Vater« geantwortet: »Das weiß ich doch.« Das war gegen die Regeln des wunderschönen Spiels, das alle Menschen auf der Farm liebten. Als die Männer zu ihren Hütten gingen, ließ sich Vivian von Jogona ins Maisfeld locken. Die hohen Pflanzen kitzelten ihre nackten Beine. Sie wusste, was Jogona wollte. Er wollte über seinen Vater sprechen und wie wichtig er war, doch Vivian hätte Jogona nie gezeigt, dass sie seine Absicht durchschaute. Auch sie bewunderte Kimani. Er musste schon seit vielen Regenzeiten nicht mehr arbeiten und beaufsichtigte die Arbeiter auf den Schambas. Die arbeiteten auf dem Feld. Das Hauspersonal arbeitete in den Zimmern und der Küche und hätte nie zur Hacke gegriffen oder zugelassen, dass die Leute vom Schamba ins Haus kamen. Das war gegen die Regeln, und in Ol' Joro Orok hielt jeder die Regeln streng ein. Das machte das Leben schön und aufregend.

»Mein Vater«, erklärte Jogona, »ist der wichtigste Mann in Ol' Joro Orok.« Er wartete darauf, dass Vivian den Satz wiederholen würde. Ein wenig Angst hatte er freilich, sie könnte von ihrem Vater sprechen, denn er war ebenso wichtig wie Kimani.

»Es gibt etwas, das noch größer ist als Ol' Joro Orok«, sagte Vivian und schaute unbeteiligt zu den Bergen hin.

Der Satz war so unglaublich, dass Jogona tat, als hätte er ihn nicht gehört.

So sagte Vivian nochmals: »Es gibt etwas, das noch größer ist als Ol' Joro Orok.«

Jogona war verstimmt. Er war ins Maisfeld gelaufen, um das tägliche Spiel zu genießen, und nun hatte Vivian diesen unverständlichen Satz gesagt. Sein Herz schlug gegen seinen Körper. Er kannte nichts Größeres als Ol' Joro Orok.

Ol' Joro Orok war unermesslich groß in Jogonas Augen. In Ol' Joro Orok gab es sogar einen Laden, in dem man Hemden, Hosen, Salz und Tee und manchmal gar einen schönen, starken Bindfaden kaufen konnte. Sogar ein Lastwagen kam regelmäßig nach Ol' Joro Orok. Dreimal in der Woche holte er auf der Station in Thomson's Falls Ware und Post an der Eisenbahn ab und brachte sie zum Laden nach Ol' Joro Orok. Jogona hatte vorgehabt, mit Vivian über die Zeit der großen Trockenheit zu sprechen. Sie konnte sich nämlich nicht daran erinnern, und das war der Beweis für ihn, dass sie jünger sein musste als er mit seinen neun Jahren.

»Weißt du noch«, fragte er, »wie trocken es war, als der große Regen ausblieb?«

»Ja«, log Vivian.

»Du weißt es nicht«, entgegnete Jogona schroff, »die Hyänen kamen damals bis vor das Haus, weil sie so durstig waren.«

»Erzähl mir«, seufzte Vivian.

Sie wusste, Jogona würde sie nicht zu Wort kommen lassen, ehe er von der großen Trockenheit erzählt hatte, doch gerade von Jogona hatte Vivian längst die Kunst des Schweigens gelernt, die so wichtig war auf der Farm. Man durfte nicht sofort die Dinge sagen, die man wollte.

»Es war so trocken, dass die Erde auseinander fiel.«

»Ja«, sagte Vivian.

»Wir mussten Wasser im Laden holen.«

Die Erwähnung des Ladens brachte Vivian dazu, den Satz zu sagen: »Kenia ist größer als Ol' Joro Orok.«

»Was ist Kenia?«, fragte Jogona angewidert.

» Ol' Joro Orok«, lachte Vivian, »liegt in Kenia.«

»So«, meinte Jogona. Er bemühte sich, nicht zu zeigen,

dass ihn die Sache interessierte, aber das eine Wort hatte ihn verraten.

»Und Kenia liegt in Afrika.«

Das war zu viel für Jogona. Er starrte auf seine Füße, doch Vivian sah seine Augen und wusste, dass er ihr zuhörte.

»Ich kenne ein Land, das ganz anders ist als Afrika. Es heißt Deutschland«, sagte Vivian. Sie sprach schnell, damit Jogona nicht dazwischenreden konnte. »Ich komme aus Deutschland«, fügte sie hinzu.

Jogona ließ sich nicht leicht in Fallen locken. Mit einem gelangweilten Blick betrachtete er ihre schmutzigen, nackten Füße.

»Du wirst schwarz«, kicherte er.

»Wenn ich mich wasche, werde ich wieder weiß«, entgegnete Vivian.

Sie erwartete Jogonas Widerspruch. Er war es seiner Bedeutung auf der Farm schuldig, auch dann zu widersprechen, wenn er im Unrecht war. Als Sohn Kimanis, der mit der Eisenstange an den Wassertank schlug und schon seit vielen Regenzeiten nicht mehr arbeitete, durfte er das. Jogona aber war ebenso neugierig wie schlau.

Schweigend drehte er einen Stein in seinen erdverkrusteten Händen. Er wusste, Vivian würde gleich ihren Satz wiederholen. Hatte er ihr nicht selbst beigebracht, immer wieder dieselben Dinge zu sagen, wenn sie wichtig waren.

So kam er ihr zuvor. »Weißt du noch, wie du kein Suaheli konntest?«, lachte er und suchte nach den Erinnerungen, die er so liebte. Er nahm Vivians Puppe, legte sie mit dem Gesicht zur Erde und genoss das Wunder, dass sie »Mama« quietschte. Dann schlug er mit der rechten Hand auf seine Schenkel und holte mit der linken einen Stein aus seinem Nabel.

»Du wusstest noch nicht einmal«, fuhr er belustigt fort, was ein Toto war. Nein, das wusstest du nicht.«

Toto war das Wort für Kind, aber auch für Kalb, Küken, Lamm, für alles Junge und Kleine, Unerfahrene und Schutzbedürftige.

»Du bist«, sang Jogona langsam und ließ die Worte auf der Zunge zergehen, »du bist ein Toto und wusstest noch nicht einmal, was ein Toto war.«

»Und du hast gedacht, dies hier ist ein Toto«, entgegnete Vivian.

Sie hielt die Puppe hoch. Sie spielte schon längst nicht mehr mit Puppen, aber sie schleppte die Puppe immer mit, um Jogona daran zu erinnern, dass er einst die Puppe für lebendig gehalten hatte.

»Du hast gedacht, dies hier ist ein Toto«, kicherte sie. Sie gab der Puppe einen Stoß und beobachtete aufmerksam, wie sie in einer rötlichen Staubwolke verschwand. »Du wusstest nicht, dass sie tot ist wie ein Stück Holz. Weißt du noch, wie du es nicht gewusst hast?«

»Nein«, entgegnete Jogona unwirsch, »das weiß ich nicht.«

Er hatte Vivian beigebracht, wie die Kikuyukinder zu reden, aber nun ärgerte es ihn, dass sie es tat.

»Ich weiß es nicht mehr«, wiederholte er und fühlte sich noch vor dem letzten Wort vom Ärger befreit. Er spuckte einen versengten Grashalm an, sah, wie sich die Sonne in Farben zerteilte, und kniff ein Auge zu. »Ich spucke besser als die Schlange, die Owour erschlagen hat.«

Vivian hatte keine Lust, sich auf ein Gespräch einzulassen, in dem sie immer wieder den Kürzeren zog.

»Du spuckst gut«, sagte sie hastig.

»Wollen wir zum Fluss gehen?«, schlug Jogona geschmeichelt vor.

»Heute Nacht«, versprach Vivian.

»Das geht nicht. Alle würden uns sehen, und dann holt dich dein Vater ins Haus zurück. In der Nacht leuchtet deine Haut so hell wie die Sterne.«

»Ja«, gab Vivian traurig zu, »aber ich kann mich mit Lehm einreiben.«

Jogona schüttelte angeekelt den Kopf. Nur der Stamm der Lumbwa rieb sich mit Lehm ein. Er aber war ein Kikuyu, und die Kikuyu blickten mit Verachtung auf die Lumbwa. Das war schon immer so gewesen. Das würde immer so bleiben.

»Wenn du dich wie die Lumbwa mit Lehm einreibst, dann können wir nicht mehr zusammen gehen. Ich bin doch ein Kikuyu.«

Es war nicht Jogonas Art, lange Reden zu halten. Vivian erkannte, wie ernst er das mit der Trennung gemeint hatte; sie gab erschrocken nach.

»Gut«, seufzte sie, »gehen wir zum Fluss.«

»Jetzt?«, fragte Jogona, »jetzt gehen wir zum Fluss?« Er staunte über den schnellen Sieg.

Sie wäre gern bis zur Dunkelheit im Maisfeld geblieben, um auf das Heulen der Hyänen zu warten. Am Fluss würde Jogona wieder von der großen Trockenheit reden und ihr beweisen, dass er älter und klüger war als sie.

»Gehen wir«, rief sie. Sie wartete auf das Echo und hörte gleichzeitig den dumpfen Klang der Trommeln.

»Hörst du die Ngoma?«, fragte Jogona.

»Ja.«

»Du weißt nicht, was sie sagen.«

»Natürlich weiß ich, was sie sagen. Sie sagen, dass ein Leopard jagt.«

»Weibergeschwätz«, spottete Jogona. Er sprang über das

hohe Gras und sah zufrieden, dass Vivian ihm folgte. Die Frauen saßen vor ihren Hütten und kochten Ugali. Bald würde der Maisbrei steif und weiß sein.

Der Fluss hatte kaum noch Wasser. Die harte Erde zwischen den Steinen war gerissen und fast schwarz. Es tat weh, sie mit den nackten Füßen zu berühren.

»Morgen ist das Wasser nicht mehr da«, prophezeite Jogona und starrte ins trockene Flussbett.

»Dann ist es wieder so trocken wie zur Zeit der großen Trockenheit.«

»Aber nein. Nur ich weiß, wie trocken es damals war.«

»Dann weißt du es eben zweimal«, beschwichtigte Vivian. Jogona hatte keinen Sinn für Zahlen, und so ließ er sich auch nicht von Vivian blenden. »Ich weiß es, und du weißt es nicht«, entschied er.

»Du weißt ja auch nicht, dass Kenia größer als Ol' Joro Orok ist«, sagte Vivian.

Da war es wieder, dieses fremde Wort. Es lauerte wie ein Gepard, der zum Sprung ansetzt. Jede einzelne Silbe dieses fremden Wortes war gefährlich und böse.

»Was ist Kenia?«, fragte Jogona. Verlegen senkte er seinen Blick.

»Da«, jubelte Vivian und zeigte auf den schneebedeckten Berg am Horizont.

»Wo?«

»Dort. Das ist der Mount Kenya!«

»Wer sagt das?«

»Mein Vater sagt das. Mein Vater, der Bwana.«

»Der Bwana sagt das«, wiederholte Jogona, »der Bwana sagt das.«

Wie alle Menschen mit heller Haut, wurde Vivians Vater Bwana genannt. Jogona war gern in der Nähe vom Bwana.

Der Bwana hatte ihn dazu gebracht, ins Haus zu kommen und Vivian kennen zu lernen. Darum beneideten ihn alle Kinder seines Jahrgangs. Der Bwana lachte sehr selten, aber wenn Jogona mit ihm sprach, lachte er manchmal plötzlich los, und das schmeichelte Jogona sehr. Außerdem hatte der Bwana ihm eine alte Uhr geschenkt. Sie ging zwar nicht und hatte nur einen Zeiger, aber die Uhr war Jogonas einziger Besitz, und das vergaß er dem Bwana nicht. Nun hatte der Bwana gesagt, dass der Berg Mount Kenya hieß. Jogona fühlte sich unsicher wie ein junger Hund, der zum ersten Mal von der Mutter getrennt wird. Er sah den Berg in der Ferne liegen. Der Schnee darauf wirkte wie Wolken. »Das ist Himmel«, erklärte er schließlich.

Vivian kaute Luft, bis die Backenknochen schmerzten. »Der Bwana hat gesagt«, beharrte sie, »das ist der Mount Kenya. Der Bwana kann lesen. Und schreiben.«

Schweigend blickte Jogona das Mädchen an. Er wusste, wann er geschlagen war, aber er war klug wie ein Pavian, wenn er schnell denken musste. Langsam ging er auf Vivian zu. »Kennst du den Vater von deinem Vater?«, flüsterte er. Vivian konnte nicht von ihrem Großvater sprechen. Wie sollte sie Jogona erklären, dass ihr Großvater zurück in Deutschland geblieben war? Sie hatte ihn das letzte Mal gesehen, als sie mit dem Vater aufs Schiff gegangen war. Der alte Mann hatte geweint. Vivian hatte das damals nicht verstanden. Eigentlich verstand sie die ganze Sache immer noch nicht.

»Wir gehen jetzt in ein anderes Land«, hatte ihr Vater gesagt, »alles, was wir geliebt haben, lassen wir zurück. Unsere Heimat haben wir verloren.«

Auch das hatte Vivian nicht verstanden. Man verlor Taschentücher und Bleistifte, aber wer verlor schon eine

Heimat? Sie sprach aber nie mit dem Vater darüber, denn sie konnte sich kaum noch an Deutschland erinnern. Ol' Joro Orok war so schön. Ihre Freunde hießen Jogona, Burugu, Kimani.

»Nein«, log Vivian und kam auf Jogonas Frage zurück, »ich kenne den Vater von meinem Vater nicht.«

»Der Vater von meinem Vater hat eine Hütte und dann noch eine«, sagte Jogona. Er betonte jedes Wort. Vivian spürte, dass er die Wahrheit sagte. Hatte Jogona ihr nicht schon vor langer Zeit beigebracht, wie man die Wahrheit von Lügen unterschied? Nie hatte sie von einem Kikuyu mit zwei Hütten gehört. »Was macht der Vater von deinem Vater?«

Jogona legte die Hände auf seinen nackten Bauch und sah plötzlich sehr alt und klug aus. »Der Vater von meinem Vater ist Muchau«, sagte er.

Muchau war das Wort für Medizinmann. Es war ein großes Wort, das Angst machte. Vivian hatte das Gefühl, die Bäume des Waldes stürzten ein. Für sie verstummte das Kreischen der Affen. Auch der Gesang vor den Hütten. Die Vögel riefen nicht mehr. Es gab nur noch ein Wort auf der Welt. Muchau.

»Muchau«, brüllte sie, und Jogona stimmte in ihren Schrei ein. Seine Stimme war mächtiger als die einer heulenden Hyäne.

Mit einem Brennen in der Kehle warf sich Vivian zu Boden. Jogona war der Enkel eines Medizinmannes. Der allmächtige Muchau entschied über Tod und Leben. Er machte kranke Menschen und kranke Tiere wieder gesund. Er schenkten den Menschen Sonne und Regen. Der Muchau war anders als der schweigende weiße Gott, der nie eine Antwort gab. Der Muchau würde ihren Großvater nach

Afrika holen und ihren Vater wieder glücklich machen. Er würde ihm die »Heimat« wiedergeben. Der Muchau würde wissen, was Heimat war, auch wenn Vivian es nicht wusste. Vivians Beine schmerzten, als sie aufstand, aber sie fühlte sich groß und stark.

»Wann zeigst du mir den Vater von deinem Vater, Jogona?«

»Das kann ich nicht«, antwortete Jogona unsicher, »ich hab' ihn nur einmal gesehen. Ein Mal.«

»Wann?«

»Als der große Regen ausblieb.«

Vivian hatte nicht vor, wieder vom ausgebliebenen großen Regen zu reden.

»Warum gehen wir nicht einfach hin?«, fragte sie und verstieß gegen die Regel, dass man wichtige Dinge nicht sagte, wenn sie noch im Mund bleiben sollten.

»Er wohnt sehr weit.«

»Wir haben doch Beine.«

»Der Muchau will keinen sehen.«

»Jogona, ich geb dir meine Puppe.«

»Das tote Toto«, sagte Jogona angeekelt.

»Jogona, du bist doch mein Rafiki«, lockte Vivian.

Rafiki war das Wort für Freund. Vivian hatte es noch nie gebraucht.

»Bin ich dein Rafiki?«, fragte Jogona und kratzte sich am Ohr. Er witterte Aufregung. Bald würde Vivian schwören müssen. Kein Kikuyu ließ sich die Gelegenheit zu einem Schwur entgehen.

»Schwör es«, befahl Jogona mit singender Stimme, »schwör, dass du mein Rafiki bist.«

»Hakiri ja Mungu«, schrie Vivian. Wer mit diesem Wort log, fiel um wie ein brennender Baum. Vivian machte sich bereit, beim großen Gott der Schwarzen zu schwören.

»Kula muchanga«, rief Jogona aufgeregt. Das war der Befehl, Erde zu schlucken. »Du musst Erde schlucken, wenn du schwörst.«

»Das weiß ich.«

»Wenn du hustest, hast du gelogen. Dann stirbst du.«

»Ich sterbe nicht, ich sage die Wahrheit. Du bist mein Rafiki.«

In der Mitte des trockenen Flussbettes war der Lehm noch feucht. Vivian lief hin, ohne dass sie die harte Erde an den nackten Füßen spürte. Sie bückte sich und legte den weichen Lehm an ihr Gesicht. Er glänzte in der Sonne. Gierig schlürfte sie die rote Erde.

Jogona kam so dicht an sie heran, dass sie seine Haut riechen und seinen Atem hören konnte. Auch er nahm den Schlamm auf und schluckte.

»Du bist mein Rafiki«, kaute er.

»Du bist mein Rafiki«, wiederholte Vivian. Nun würde Jogona sie nie mehr von seinen Erinnerungen ausschließen. Nie mehr würde er von der großen Trockenheit sprechen, die sie nicht erlebt hatte. Der Lehm färbte ihre Bluse rot und kühlte ihre brennende Haut. Sie genoss den Geruch und leckte ihre Lippen. »Das war viel Erde«, lobte Jogona.

»Für einen Freund kann man nicht genug Erde schlucken«, sagte Vivian großzügig.

Die Bemerkung gefiel Jogona. »Rafiki«, sang er, »Rafiki.« Auf seinem Gesicht, das oft so traurig war, leuchtete ein Lächeln.

»Wenn du nun mein Freund bist«, bohrte Vivian, »zeigst du mir den Vater von deinem Vater?«

»Kessu«, sagte Jogona.

Kessu hieß morgen. Kessu war ein gutes Wort, denn es hieß auch zwei Wochen oder zwei Monate oder zwei Jahre.

Kessu war das meistgebrauchte Wort auf der Farm. Es war ein Zauber. Vivian hatte das schon lange begriffen. Ihr Vater nicht.

»Du bist klug«, sagte sie.

Jogona lächelte zum zweiten Mal. Er würde noch oft auf diesen Tag zurückkommen. »Weißt du noch«, würde er sagen, »wie wir zusammen Erde geschluckt haben?«

»Ja«, würde Vivian bestätigen.

»Und du hast gesagt: Jogona, du bist klug.« So würde es Jogona sagen.

Es würde eine gute Geschichte werden. Die beste auf der Farm. Gleich morgen wollte er sie ausprobieren. Kessu.

»Wir müssen gehen«, sagte Jogona, »die Feuer brennen schon.«

Als Vivian ins Haus trat, war die Luft weich wie eine Decke und der Himmel fast dunkel. Kamau hatte das Holz im Kamin angezündet. Vivians Vater stand vor dem Feuer. Er war noch jung, aber sein Haar war grau, und die Augen waren traurig. Vivian hätte ihrem Vater zu gern erzählt, dass nun alles gut werden würde. Der Medizinmann würde den Großvater nach Afrika holen und dem Vater eine Heimat geben.

Schade, dass ihr Vater die Dinge nicht so schnell begriff wie Jogona. Ihm musste man so viel erklären. Ob der Bwana überhaupt wusste, dass es einen Muchau gab? Vivian sah ihn zweifelnd an. Ihr Vater wusste so vieles nicht. Er hatte keine Ahnung von den Dingen, die das Leben schön machten. Er sprach immer nur von Deutschland und wie gut dort alles war. Dabei war Ol' Joro Orok der schönste Ort auf der Welt.

»Wie siehst du denn aus?«, fragte der Vater

»Wie soll ich aussehen, Bwana?« Das Wort Bwana war ihr

wieder einmal herausgerutscht. Ihr Vater mochte es nicht, wenn sie ihn so anredete.

»Wie sprichst du denn?«

»Wie Jogona«, kicherte Vivian.

»Man meint, du hättest Lehm gegessen.«

Vivian sah ihren Vater verwundert an. Sie hatte Jogonas Lächeln im Gesicht. Es war ein wenig verachtungsvoll, sehr stolz und doch traurig. Als sie sprach, kreuzte sie die Finger hinter ihrem Rücken.

»Weshalb soll ich denn Lehm schlucken?«, fragte sie lauernd.

»Weiß der Himmel, weshalb! In diesem Kaffernland ist alles möglich.«

Vivian lachte. Ihr gefielen Worte, die sie nicht verstand. Morgen würde sie das Wort mit dem Kaffernland für Jogona wiederholen. Kessu.

2

B wana, es ist Zeit zum Melken.« Vivians Stimme war laut wie die eines unzufriedenen Affen, obgleich ihr Vater neben ihr stand. Aber sie hatte gemerkt, dass er an ganz andere Dinge dachte.

»Du sollst mich nicht immer Bwana nennen.«

»Nein, Bwana«, nickte Vivian und verschluckte das Gelächter, das ihre Kehle kitzelte, »ich werde dich immer Papa nennen. Soll Jogona auch Papa zu dir sagen?«

»Um Himmels willen nein! Dann sag schon lieber Bwana zu mir.«

Vivian sagte ihrem Lächeln Jambo. Es war schön, wie leicht ihr Vater in Fallen ging. Von nun an würde sie ihn immer Bwana nennen. Der Gedanke machte sie so gut gelaunt, dass sie ihrem Vater eine Freude machen wollte.

»Erzähl mir von Deutschland«, bat sie, als beide durch das nasse Gras gingen. Bunt glänzten die Tautropfen an den schwarzen Gummistiefeln.

»In Deutschland war ich Anwalt«, begann der Vater.

»Und du musstest nie zum Melken«, fuhr Vivian fort. Es war nicht das erste Mal, dass sie solche Gespräche führten.

»Natürlich nicht. Ein Anwalt hat nichts mit Kühen zu tun.«

»Ich weiß. Aber gehst du denn nicht gern zu unseren Kühen?«

»Es sind nicht unsere Kühe, Vivian. Dieses Land gehört uns nicht.«

»Schade«, bedauerte Vivian.

»Wir sind arm. Wir haben alles verloren.«

Es war für Vivian ein immer wieder neues Rätsel, dass ihr Vater so viel von Dingen sprach, die er verloren hatte. Einmal hatte sie sogar gehört, wie er zu jemandem sagte: »Vivian hat ihre Mutter verloren.« Dabei hatte Vivian ihre Mutter nie gekannt. Die Mutter war bei ihrer Geburt gestorben, und Vivian fand, da könnte man nicht gut von verlieren sprechen.

»Aber die Farm haben wir nicht verloren«, bohrte sie noch einmal.

»Die gehört uns nicht. Das musst du doch begreifen. Sie gehört dem Bwana Gibson.«

»Jetzt sagst du selber Bwana«, jubelte Vivian.

»Das ist, weil du mich ganz verrückt machst. Der Bwana Gibson wohnt in der Stadt, und ich passe auf seine Farm auf.«

»Kimani passt auf die Farm auf.«

»Dann passe ich auf Kimani auf. Verstanden?«

Vivian kicherte. Solche Gespräche liebte sie. Sie hätte einen so klugen Witz ihrem Vater gar nicht zugetraut.

»Also ein für alle Mal«, sagte er, »wir sind arm wie die Kirchenmäuse.«

»Mir gefällt es hier«, beharrte Vivian. Sie wunderte sich, dass ihr Vater so traurig aussah. »Choroni steht vor dem Stall«, sagte sie und wusste, dass ihr Vater gleich noch trauriger aussehen würde.

Wenn Choroni vor dem Stall stand, hatte er schlechte Nachrichten zu überbringen. Choroni war der Hirte auf der Farm, ein alter Mann aus dem Stamm der Lumbwa.

Die Lumbwa verachteten die Kikuyu, die die Feldarbeit machten. Sie selbst hüteten nur das Vieh, denn sie liebten Tiere, und sie liebten es, stundenlang im Gras zu sitzen und zum Himmel zu starren.

Choroni hatte den Bwana gern. Der Bwana hatte ihm viele fremde Worte beigebracht, die Choroni zwar nicht verstand, wenn er sie sagte, die aber den Bwana zum Lachen brachten. Das gefiel dem alten Mann. Es war etwas Seltsames um den Bwana. Er war ein kluger Mann, aber wenn eine Kuh krank war, dann wurde er so verrückt wie ein Schakal mit einem Pfeil im Rücken.

Nun stand Choroni vor dem Bwana. Er hatte nur eine alte Decke um seinen nackten Körper geschlungen. Kleidung war für Choroni zu teuer, aber für ihn zählten die vielen bunten Ketten aus winzigen Perlen viel, die er um den Hals trug. Außerdem hatte er lange Ohrläppchen, die ihm bis zu den Schultern reichten und die Vivian vom ersten Tag an bewundert hatte. Der Tag würde heiß werden. Choroni wusste dies ganz genau. Er hatte die Sonne aufgehen sehen, als er auf den Bwana gewartet hatte, und nun, da der Bwana vor ihm stand, spürte er, dass sich das lange Warten gelohnt hatte.

»Jambo, Bwana«, rief er. Seine Stimme erinnerte ihn an den Jubel eines Löwen, der ein Zebrajunges erlegt hat.

»Jambo, Choroni«, erwiderte der Bwana, »fang an.«

»Mit was, Bwana?«

»Mit dem Melken.«

»Arschloch«, gluckste Choroni.

Das war eines der Wörter, die der Bwana ihm beigebracht hatte. Choroni gebrauchte es gern, denn es enthielt einen großen Zauber. Der Bwana lachte immer, wenn er es sagte, und niemand sonst auf der Farm durfte das Wort sagen.

Choroni war nicht streitsüchtig, aber er achtete auf seine Vorrechte und auf Worte, die allein ihm gehörten.

»Bwana«, sagte er langsam, »die Kuh will sterben.« Er lief in den Stall, hockte sich hin und rieb genussvoll seinen kahlen Schädel am Bauch der Kuh.

»Sie sieht doch gesund aus«, sagte der Bwana verblüfft und starrte in die sanften braunen Augen des Tieres.

Choronis Stimmung wurde noch besser, als sie ohnehin gewesen war. »Die doch nicht«, rief er begeistert, »denkst du, die Kuh hier will sterben?«

»Ja, du hast doch gesagt …«

»Die unter dem Baum will sterben.«

»Ich dachte, du sprichst von dieser Kuh hier, Choroni.«

»Aber die steht doch noch.«

»Warum hast du das nicht gleich gesagt?«

»Was?«, fragte Choroni verblüfft.

»Welche Kuh krank ist.«

Der Hirte witterte die Ungeduld in der Stimme des Bwana. »Du hast mich nicht gefragt, welche Kuh krank ist«, sagte er gekränkt. »Oder hast du zu mir gesagt, Choroni, welche Kuh ist krank?«

»Führe mich zu der kranken Kuh«, unterbrach ihn der Bwana.

Vivian schüttelte den Kopf. Sie würde ihrem Vater endlich beibringen müssen, schöne Geschichten nicht durch Ungeduld zu verderben.

Choroni ging voraus. Er lief langsam und bedächtig, und er war entschlossen, jeden Schritt zu genießen. Er hatte Warten gelernt und hatte lange auf diese Stunde gelauert. Nun war sie da, und sie war so süß wie Maisbrei, der mit einem Stück Zuckerrohr gekocht wird. Es war nicht so, dass jeden Tag eine Kuh starb, aber jedes Mal, wenn eine Kuh starb, benahm sich der Bwana wie ein Mann, dem die Frau weggelaufen ist und der kein Geld hat, sich eine neue zu kaufen. Ein Feldarbeiter hatte einen Eimer Wasser aufs Gras geschüttet. Die Tropfen glänzten wie bunte Perlen in der Sonne, und die Kälber wälzten sich auf dem feuchten Fleck und streckten ihre Beine in die Luft. Ihr Fell war lockig, die Hörner steckten noch unter der festen schwarzen Haut. Die Kälbchen kannten Choroni und liefen auf ihn zu.

Unter einem blattlosen Baum lag die kranke Kuh. Sie hielt den Kopf gesenkt und die Augen geschlossen. Ihr Atem ging schwer, und mit jedem Zittern in ihrem mageren Körper ließ ihre Kraft nach. Sie war schon zu schwach, um die Fliegen zu verjagen, die sie bedrängten, und der Schwanz lag bereits auf der Erde, als gehöre er nicht mehr zum Körper.

»Na taka kufua«, sagte Choroni. Er kostete die Worte auf der Zunge. In seiner Sprache hieß das: »Sie will sterben.«

So wurde der Tod immer in Ol' Joro Orok angekündigt. Man sagte nicht: »Die Kuh wird sterben.« Es hieß: »Die Kuh will sterben.« Vivians Vater hatte das nie verstanden und würde es nie verstehen. Wenn ein Mensch oder ein Tier in Afrika sterben »wollte«, so starben sie. Dann half nichts mehr. Man durfte den Tod nicht aufhalten. Alle Leute auf der Farm wussten das. Alle außer dem Bwana.

»Was mache ich mit ihr?«, fragte er.

Choroni hörte die Verzweiflung in der Stimme vom Bwana. Auf die hatte er gewartet. »Das musst du doch wissen, was du mit der Kuh machst«, sagte er freundlich, »mein krankes Auge hast du doch auch wieder gesund gemacht.«

»Hat die Kuh etwas an den Augen?«

Choroni sah, wie Hoffnung die Augen des Bwana einen Moment hell machte.

»Nein«, versicherte er gut gelaunt, »sie will sterben.«

»Ich hole mein Buch«, sagte der Bwana und rannte zum Haus zurück. Er war froh, von der Kuh fortzukommen. In Büchern blättern, das hatte er gelernt. Er hatte sich noch in Deutschland ein Buch über Viehzucht gekauft, doch hier in Afrika nützte es nicht viel. Die meisten Kapitel endeten ohnehin mit dem Satz »Man hole einen Tierarzt«. Der Verfasser hatte offenbar so gar keine Ahnung, wie schnell sich afrikanische Kühe zum Sterben hinlegten.

Vivian beobachtete ihren Vater. Er kam mit dem Buch in der Hand auf die Kuh zugerannt. Die Tochter versuchte, so ernst wie möglich auszusehen, um den Vater nicht zu kränken, doch sie wusste, dass sie Choroni dabei nicht anschauen durfte. Sonst hätten beide lachen müssen.

Der Bwana legte seine Hand auf den Rücken des sterbenden Tiers und zog sie sofort erschrocken zurück.

»Was steht in deinem Buch, Bwana?«, fragte Choroni.

»Es gilt«, las Vivians Vater in Deutsch vor, »zunächst festzustellen, ob die Augen matt oder glänzend sind.«

Ungeschickt riss er das Lid des Tieres wieder hoch.

»Choroni«, fragte er, »was macht man, wenn eine Kuh krank ist?«

»Man macht sie wieder gesund«, entgegnete der alte Mann verblüfft.

»Dann mach sie gesund.«

»Deine Kuh, Bwana! Ich soll deine Kuh gesund machen?«

»Ist nicht meine Kuh, mach schon.«

»Wem gehört denn die Kuh?«, fragte Choroni und freute sich. Er wusste genau, wem die Kühe auf der Farm gehörten. Er war schließlich lange vor dem Bwana auf die Farm gekommen.

»Ist egal, wem die Kuh gehört.«

»Nein, Bwana, das ist sehr wichtig.«

»Gut«, gab der Bwana nach, »das ist meine Kuh. Nun fang endlich an.«

Choroni atmete schwer. Spannung und Entrüstung waren in seinem Gesicht. »Ich werde deine Kuh nicht anfassen.«

»Warum denn nicht?«

»Das weißt du doch. Wenn sie stirbt, dann sagst du: ›Choroni hat sie verzaubert.‹«

»Nein, das sage ich nicht.«

»Doch, das musst du sagen.«

»Choroni«, sagte der Bwana und zwang sich zur Geduld, »du hast doch eine Ziege. Wenn sie krank ist, hilfst du ihr auch. Ja oder nein?«

»Ja, Bwana.«

»Na also.«

»Aber es ist ja auch meine Ziege.«

»Verstehst du etwas von Ziegen?«

»Ich verstehe alles von Ziegen«, sagte Choroni würdevoll.

»Dann verstehst du auch etwas von Kühen. Ich verspreche dir: Wenn du ihr nicht helfen kannst, dann sage ich nicht: ›Choroni hat sie verzaubert.‹«

Choroni hörte aufmerksam zu, schüttelte den Kopf und fragte in einem Ton, als spreche er mit einem Kind: »Was steht in deinem Buch, Bwana?«

Vivians Vater blätterte in dem Buch. Als er einmal hochblickte, sah er Geier, die ihre schwarzen Kreise am Himmel zogen. Sie waren zuverlässige Boten des Todes. Schweiß rann ihm in die Augen.

»Man soll«, las er vor und übersetzte gleichzeitig den umständlichen Text ins Suaheli, »das kranke Tier auf die Beine stellen.«

Choroni lächelte zufrieden und sagte langsam: »Du kannst doch keine tote Kuh auf die Beine stellen.«

»Ist die Kuh denn tot?«, fragte der Bwana verzweifelt.

»Ja, gerade gestorben. Du hast es nicht gesehen, weil du in deinem Buch gelesen hast.« Und weil er keine Antwort erhielt, das schöne Gespräch aber fortsetzen wollte, fügte er noch hinzu: »Sie hat schlechtes Gras gefressen. Da muss man die Hand in den Hals stecken und das Gras wieder herausholen.«

»Warum hast du das nicht gleich gesagt?«

»Bwana«, entgegnete Choroni vorwurfsvoll, »warum schreist du so? Du hast mich nicht gefragt, was die Kuh gefressen hat.«

»Schaff sie fort!«, hörte Vivian ihren Vater brüllen, »noch besser: Friss sie auf.«

»Eine tote Kuh kann man nicht essen, Bwana.« Choronis Stimme war sanft. »Weißt du, Bwana«, sagte er, »sie wollte sterben«, und weil der Bwana noch immer so traurig aussah, fügte er das schöne Wort hinzu, das ihn zum Lachen bringen sollte. »Arschloch«, sang er.

Choroni begriff nicht, weshalb der Bwana nicht wie sonst lachte. Vivian aber hatte zum ersten Mal in ihrem Leben das Gefühl, als müsste sie ihren Vater schützen.

»Komm«, sagte sie leise und griff nach seiner Hand, »gehen wir ins Haus.«

Ihr Vater tat ihr Leid. Es gab so viele Dinge, die er nicht verstand. Alle auf der Farm, Kamau und Burugu, Jogona und sogar sie selbst, wussten mehr.

3

W ollen wir spazieren gehen, mein schönes Fräulein?«
Vivian stand auf, brachte die graue Katze zur Mutter
zurück und pfiff nach dem irischen Wolfshund Kali und
nach Simba, der wie ein Löwe aussah und auch den Namen
des Löwen trug, seitdem er einmal ein zweijähriges Kind vor
einem wütenden Wasserbüffel gerettet hatte.

»Ja«, lachte sie, »wir wollen spazieren gehen, mein Herr.«

»Wohin führt uns heute der Weg?«

»Zur Flachsfabrik, mein Herr, zur Flachsfabrik«, kicherte
Vivian. Manchmal, wenn ihr Vater gute Laune hatte, konnte er wie Jogona sein. Dann verstand er sich auf die Tradi-
tion, Fragen zu stellen, deren Antwort er kannte.

Täglich gingen Vivian und ihr Vater zur Flachsfabrik. Ur
sprünglich war der Spaziergang als Trost gedacht gewesen,
weil Jogona nach dem Mittagessen zu verschwinden und
Vivian ohne Spielkameraden zurückzulassen pflegte. Bald
aber hätte Vivian um nichts auf der Farm auf diesen täglichen Spaziergang verzichtet, was Jogona sehr missfiel,
obgleich er nicht darüber sprach. Jogona sprach nie über
Dinge, die ihn ärgerten. »Das tun nur Weiber und Kinder«,
hatte er Vivian einmal erklärt.

Die Flachsfabrik am Ende eines Waldstücks war ein Schup-
pen mit Wänden aus Lehm und Viehdung. Das grasbe-
deckte Dach fiel in der Regenzeit manchmal auseinander

und musste täglich geflickt werden. In der Trockenzeit wirkte es wie ein Igel.

Auf einfachen Apparaten verarbeitete eine Schar Kikuyu, die nur Hosen und keine Hemden trugen, den Flachs zu langen Fäden. Die fertigen Ballen wurden von einem Lastwagen abgeholt und in das hundert Meilen entfernte Nakuru gebracht. Njerere, ein junger Mann, der im Vorjahr die Pocken überlebt hatte, führte die Aufsicht, und er war so stolz auf seine Arbeit wie auf seine Narben.

Für Vivian gehörte Flachs zu den herrlichsten Wundern auf der Farm. Sie war bei der Aussaat dabei, sah die jungen Pflanzen durch die rote Erde schießen und schließlich die blauen Blüten, die nach dem ersten großen Regen die Landschaft in Farbe tauchten und die Erde zum Himmel machten.

In der Flachsfabrik hielt Vivian die weichen Fäden in der Hand und ließ sie durch die Finger gleiten. Dann sagte sie die wunderbaren Worte, die Njerere jeden Tag aufs Neue beglückten.

»Wie ein Traum aus der Erde«, pflegte sie zu flüstern. Das brachte Njerere dazu, ganz tief in der Kehle zu gurgeln und den Satz zu sagen. »Du sprichst wie ein Muchau.«

Der Vergleich mit dem allgegenwärtigen Medizinmann ließ Vivian jeden Tag erschauern. Sie witterte, dass ihr Vater solche Gespräche missbilligen würde, und so sprach sie mit Njerere nicht Suaheli, sondern Kikuyu, seine Muttersprache. Das war eine zusätzliche Freude für Njerere. Der Bwana stand dabei und hatte keine Ahnung, was gesprochen wurde.

Die Bäume im Wald waren dunkel und die Blätter so steif wie an der Luft getrocknetes Fleisch. Zwischen den Ästen kletterten Meerkatzen mit olivgrünem Fell herum. Nie ließen sie ihre Gesichter sehen, aber die rosa Fußsohlen verrieten ihr Versteck. Wenn man dann schnell nach oben sah, konnte man die Männchen ausmachen, die größer waren als die Weibchen.

»Erzähl mir was«, sagte Vivian.

»Frühling lässt sein blaues Band wieder flattern durch die Lüfte«, sagte ihr Vater.

»Was ist Frühling?«

»Kannst du dich nicht mehr erinnern?«

»Nein.«

»Das war ein Gedicht«, sagte der Vater, versuchte, sich auf die zweite Zeile zu besinnen, und machte eine Bewegung, als wollte er die drückende Luft zerschneiden.

»Zauberst du, Bwana?«

»Nein, kannst du nicht einmal diesen ganzen verfluchten Zauber vergessen?«

»Das war Morenu«, rief Vivian plötzlich. Sie blieb stehen, legte die Hand ans Ohr und hielt sich mit der anderen die Nase zu.

»Wovon sprichst du?«, fragte der Vater verblüfft.

»Von Morenu.«

»Ich hab' niemand gesehen.«

»Wen solltest du denn gesehen haben?«, erkundigte sich Vivian.

»Morenu.«

»Aber ich hab' ihn doch auch nicht gesehen.«

»Du hast doch behauptet …«

»Ich hab' ihn gerochen«, erklärte Vivian.

»Gerochen?«

»Ja, ich hab' einen Kisi gerochen. Und Morenu gehört doch zum Stamm der Kisi.«

Vivian hatte sich so umständlich ausgedrückt, weil sie

zweifelte, ob ihr Vater überhaupt wusste, dass es einen Stamm der Kisi gab. Er wusste viele Dinge nicht, die Vivian im letzten Jahr gelernt hatte.

Der Vater war eher belustigt als erstaunt, wie Vivian vor ihm stand und behauptete, sie könne Menschen riechen. Sie tat, als sei das so selbstverständlich wie einen Krug Kaffee aus der Küche zu holen.

»Du willst doch nicht behaupten«, fragte er schließlich, »dass du die Menschen auf der Farm am Geruch unterscheiden kannst. Für mich haben sie alle die gleichen Gesichter.«

Vivian lachte und schüttelte sich wie ein Hund, dem Wasser in die Ohren gekommen ist. »Du kannst immer so schöne Witze machen, Bwana.«

»Wirklich?«

Wie die Afrikaner hatte Vivian keinen Sinn für Ironie.

»Morenu«, fuhr sie bedeutungsvoll fort und sah ihren Vater forschend an, »hat ein Messer.«

»Quatsch. Wer hat dir das eingeredet?«

»Jogona sagt es.«

»Wann, wenn ich fragen darf?«

»Am Tag, als Morenu den schwarzen Hund schlachten wollte, der nachts immer den Mond anbellt.«

Der Vater war verblüfft. Es gab kaum Geschehnisse auf der Farm, die nicht bis zu ihm drangen. Dafür sorgte schon der Klatsch und Kamau, der ihn überbrachte. Morenu war nie erwähnt worden.

»Wann wollte Morenu einen Hund schlachten, und weshalb?«

Vivian hasste zwei Fragen zu gleicher Zeit. »Am Tag, als die Heuschrecken kamen.«

»Was hat denn Morenu mit den Heuschrecken zu tun?«

»Was soll Morenu mit den Heuschrecken zu tun haben?«

»Na also.«

»Am Tag, als die Heuschrecken kamen«, fuhr Vivian fort und freute sich auf das, was sie noch zu sagen hatte, »hast du mit Morenu geschrien.«

»Weil die Heuschrecken gekommen sind?«

»Nein, weil er das Bild von Opa zerschlagen hat.«

Vivians gute Laune und ihre Freude an umständlichen Geschichten machten ihren Vater nervös. Er begriff, dass sie wie die Afrikaner dachte. Sie waren gut gestimmt, wenn sie von Unglücksfällen, Tragödien und Katastrophen berichten konnten. Mitgefühl schien ihnen fremd. Sie genossen die Schadenfreude. »Es wird Zeit, dass du zur Schule kommst, meine Dame. Du bist schon acht.«

Vivian ließ sich ungern vom Thema abbringen. »Morenu trägt immer ein Messer bei sich«, wiederholte sie.

»Das hast du mir schon erzählt.«

»Schießt du ihn tot?«

»Ich, Morenu totschießen? Wie kommst du denn darauf?«

»Jogona hat Morenu gesagt, du wirst ihn totschießen«, erklärte Vivian, »das war am Tag, als die Heuschrecken kamen ...«

»Was«, unterbrach der Vater hastig und riss ein Blatt vom Baum, »hat Morenu gesagt?«

»Nichts.«

»Das beruhigt mich.«

»Doch etwas«, lächelte Vivian versonnen, »er hat gesagt: Eines Tages schieße ich alle Weißen tot.«

Der Satz schien endlich zu wirken, denn Vivian beobachtete, wie ihr Vater im letzten Moment einen Seufzer unterdrückte, was immer ein Zeichen dafür war, dass ihn etwas quälte.

»Komm«, sagte er, »gehen wir zurück, und lassen wir die Flachsfabrik für heute.«

Er und Vivian sprachen wenig auf dem Nachhauseweg. Kaum, dass das Haus in Sicht kam, sahen sie Kamau und hinter ihm das übrige Hauspersonal auf sich zukommen. Auch die Schambaleute waren auf dem Rasen vor dem Haus, und sogar die kleinen Kinder von den Hütten und ihre Mütter hatten sich eingefunden. Von allen Seiten erklang Geschrei. Die Farm hatte nicht mehr ihr friedliches Gesicht. Sie erstickte in Kreischen und Unruhe. Selbst die Hunde waren erregt.

»Was ist los, Kamau?«

»Bwana, dein Gewehr ist fortgelaufen.«

»Woher weißt du das, Kamau?«

»Ich ging zum Schrank, aber da war es schon fortgelaufen.«

»Hat es Beine bekommen?«

»Ja, Bwana.«

»Warum bist du zu zum Schrank gegangen?«, fragte der Bwana verwirrt.

»Um zu sehen, ob dein Gewehr noch da ist.«

»Wozu? Es ist doch immer im Schrank.«

»Heute nicht!«, jubelte Kamau und warf die Arme in die Luft.

Die Zuschauer klatschten.

»Gestern war es noch da.«

»Bwana«, erinnerte Kamau vorwurfsvoll, »ich spreche nicht von gestern.«

Vivian schob die lärmenden Kinder beiseite. Als sie zwischen Kamau und ihren Vater trat, atmete sie tief, um ihre Stimme kräftig zu machen.

»Wo«, fragte sie so laut, dass alle es hören konnten, »wo ist Morenu?«

Die Worte erstickten das Geschrei sofort. Sie prallten als Echo von den Bergen zurück, und die plötzliche Stille wirkte wie ein Löwe, der zum Sprung ansetzt.

Kamaus Gesicht zeigte erst Erstaunen und dann Bewunderung. »Warum«, fragte er schließlich und sprach sehr langsam, »willst du wissen, wo Morenu ist?«

»Ich seh' ihn nicht hier.«

»Du siehst ihn nicht«, bestätigte Kamau. »Er ist fortgelaufen wie das Gewehr vom Bwana.«

Vivian wusste, dass sie am Ziel war. Sie suchte Jogonas Blick und versuchte, in seinen Augen die Antwort zu lesen, doch sie bezwang ihren Stolz und fragte. »Hat er das Gewehr genommen?«

»Vivi«, protestierte der Vater, »das ist voreilig. So darf man nicht denken. Ich bin doch Anwalt.«

Vivian war froh, dass ihr Vater Deutsch gesprochen und niemand ihn verstanden hatte. Sie genierte sich ein wenig für ihn und seine Torheit, und doch bedauerte sie ihn. Er kam ihr wie ein Hund vor, der den Knochen nicht findet, den er am Tag zuvor vergraben hat.

»Morenu hat das Gewehr genommen«, bestätigte Kamau.

»Woher weißt du das?«

»Bwana, das riech' ich.«

Der Vater sah Vivians Gesicht und musste lächeln, obgleich er nicht lächeln wollte. In diesem Land, das ihm so fremd war, war sie die Klügere von beiden. Eines Tages würde er nach Deutschland zurückkehren und seinem Kind die Heimat wiedergeben. Er seufzte, weil dieser Tag noch sehr weit weg war, aber der Gedanke beruhigte ihn.

Laut sagte er: »Schön, Kamau, du kannst gut riechen.«

»Dein Gewehr ist fortgelaufen, Bwana«, protestierte Kamau und sah sich um seine schöne Geschichte betrogen.

»Ja, ich weiß.«

Die Männer und Frauen auf dem Rasen setzten sich nieder und klatschten mit beschwörenden Bewegungen. Sie hörten erst auf, als aus der Ferne der Klang der Trommeln zu ihnen drang.

»Bwana, Morenu hat dein Gewehr genommen«, begann Kamau noch einmal, aber in seiner Stimme war keine Hoffnung mehr.

»Die Hyäne soll Morenu fressen.«

»Fein, Bwana«, jubelte Vivian, »du hast gewonnen.«

»Nein, du«, sagte der Vater, und Vivian wunderte sich, weshalb die Worte sie nicht so stolz machten, wie sie erwartet hatte, sondern ein wenig traurig.

Sie griff nach der Hand des Vaters, und langsam gingen beide durch den Garten. Die untergehende Sonne war so rot wie die Pflanzen, die an den Holzwänden des Hauses hochkletterten.

Im Kamin lag schon das Holz für das abendliche Feuer. Davor lag der weiße Boxer Polepole, der so genannt wurde, weil er sich so langsam bewegte. Polepole war immer zur Stelle, wenn das Feuer angezündet wurde. Er liebte die Wärme, und einmal hatte er sich sogar sein Fell verbrannt, weil er zu dicht an die Glut gekommen war. Polepole leckte sich die Pfoten. Vivian griff nach einer und kratzte sich damit die Backen warm.

»Kamau kommt wohl heute nicht, um Feuer zu machen?«, fragte der Vater mit müder Stimme.

»Doch.«

»Riechst du ihn etwa?«

»Weshalb soll ich ihn riechen?«, fragte Vivian erstaunt, »ich höre ihn doch. Er hat so große Füße.«

Im selben Augenblick klopfte Kamau an die Tür. Er trat

ins Zimmer, ehe er gerufen wurde, und einen Moment lang hatte Vivians Vater das Gefühl, er müsste sein Kind beschützen. Er stellte sich vor Vivian, und sie überlegte, ob das ein neues Spiel sei.

»Bwana, dein Gewehr ist wieder da«, sagte Kamau. Seine Stimme war so sanft wie das Summen von satten Bienen. Er kniete sich vor den Kamin.

»Steh auf, was heißt das?«

»Es wollte zu dir zurück!«

»Und wo ist Morenu?«

»Morenu?« Kamau sah aus, als sei er von einem Pfeil tödlich getroffen worden.

»Ja, wo ist Morenu?«

»Bwana, du bist ja so rot im Gesicht wie das Feuer, das bald brennen wird, wenn du mich an den Kamin lässt.«

»Als mein Gewehr fortgelaufen ist, lief auch Morenu fort«, sagte Vivians Vater. Er kam sich sehr albern vor.

Kamau strahlte. »Aber Bwana«, lachte er, »vieles ist doch fort.«

»Was denn?«

»Die Sonne«, erklärte Kamau geduldig, »und die Schatten. Die Männer sind nicht mehr auf den Schambas. Aber ich bin da. Ich werde Feuer machen.«

Er hockte sich vor den Kamin, und diesmal ließ es der Bwana geschehen. Vorsichtig zündete Kamau das trockene Zedernholz an und blies in die Glut, bis die Flammen kleine rote Wellen schlugen, und dann legte er ein großes Scheit Holz auf den Haufen, stand auf und rieb sich zufrieden die Hände.

Die Hyänen heulten der Nacht entgegen, und von der Küche drangen die Stimmen des Hauspersonals in die vorderen Räume. Die Männer sangen das schöne Lied vom

Schakal, der seinen Schuh verloren hat. Als Kamau aus dem Zimmer gegangen war, ging Vivian zu ihrem Vater und streichelte sein Haar.

»Wie Flachs«, sagte sie, hielt aber plötzlich inne und warf sich zu Boden. Sie stand sofort wieder auf und lief zum Fenster.

»Besuch kommt«, meldete sie aufgeregt.

»Um Himmels willen, Vivi, das halt ich nicht aus. Riechst du schon wieder was?«

»Nein«, lachte Vivian, »Autos kann man nicht riechen. Und vor unserer Tür steht ein Auto.«

4

Der Fremde hatte seinen rostenden kleinen Lastwagen so dicht vor das Haus und quer über den Rasen gefahren, dass er unmittelbar vom Auto ins Wohnzimmer umsteigen konnte. Die Wagentür wurde während der Fahrt mit einem dicken Strick von innen festgehalten. Nun lag sie auf der Erde. Die Windschutzscheibe fehlte, und nur der Fahrer hatte einen Sitz. Hinten hockten drei große graue Hunde, die auch dann weiterschnarchten, als Vivian und ihr Vater aus dem Haus stürzten. Zwischen den Hunden saßen drei Kikuyu, die sich aus dem Gewirr von Fell und Pfoten herausschälten. Sie lachten gut gelaunt und blickten erwartungsvoll in Richtung des Küchengebäudes.

Der nächtliche Besucher hatte einen Strick um seine Hose gebunden und trug eine Weste aus ungegerbter Büffelhaut. Sein Haar war weißblond, die Haut wie Leder. Vivians Vater überlegte angestrengt, in welcher Sprache er seinen unvermuteten Gast anreden sollte. Der Mann sah nicht aus wie ein Engländer, also wäre Suaheli das Beste gewesen, aber im Angesicht der gaffenden Männer vom Personal konnte er sich dazu nicht entschließen. Er musste an die Geschichte von Stanley und Livingstone denken, die sich im Urwald getroffen hatten.

»Dr. Livingstone, I presume«, hörte Vivian ihren Vater sagen.

»Nein«, erwiderte der Gast in hartem Deutsch, »ich bin nicht Dr. Livingstone, sondern Louis de Bruin, und mit mir brauchst du kein verdammtes Englisch zu sprechen.«

Vivian stand mit offenem Mund da, wie ein Esel, dem die Mittagshitze schwer auf dem Rücken liegt, und auch ihr Vater war sprachlos. Er blickte zum Himmel, als wollte er die Sterne zählen.

»Sie sind nicht aus Kenia?«, fragte er schließlich.

»Natürlich«, erwiderte de Bruin, »bin ich aus Kenia.«

»Ich bin kein Engländer«, erklärte Vivians Vater.

»Das weiß ich. Wärst du Engländer, würde ich nicht hier stehen. Ich hasse die Engländer. Alle Buren hassen die Engländer.

»Natürlich«, sagte Vivians Vater höflich. Er überlegte, was er von den Buren in der Schule gelernt hatte, aber ihm fiel nur Ohm Krüger ein.

»Die Schwarzen nennen mich Bwana Mbusi«, erläuterte de Bruin.

»Bwana Mbusi«, meckerte Kamau.

Das also war Bwana Mbusi. Die Leute von den Farmen hatten für alle mit weißer Haut einen Spitznamen. Der Bure wurde Bwana Mbusi genannt. Das hieß Herr Ziege. In jungen Jahren hatte er Ziegen gezüchtet und sie an die Einheimischen verkauft. Als er reich genug war, sich ein eigenes Stück Land zu kaufen, hatte er nur noch Kühe auf seiner Farm weiden lassen und Flachs angepflanzt. Kamau hatte viel von Bwana Mbusi erzählt. »Acht Kinder hat er«, pflegte er zu berichten, »und eine Frau, die so stark ist wie eine Kikuyufrau. Er behandelt seine Leute nicht gut, aber er verprügelt auch seine Kinder.«

Vivian musste sofort an die Geschichten denken, die Kamau erzählt hatte, und sie betrachtete den Buren forschend.

Ihrem Vater war die ganze Sache peinlich. Er kam sich vor wie ein Kind, das am Schlüsselloch gelauscht hatte. Er wusste alles von seinem Gast und bildete sich ein, sein Gast wüsste nichts von ihm.

»Hab' schon viel von dir gehört«, erklärte de Bruin.

»Kommen Sie doch ins Haus«, sagte der Vater. Er war so glücklich, Deutsch zu hören. Seit Monaten hatte er nur mit Vivian und dem Personal gesprochen. Besucher auf der Farm waren ein kostbares Geschenk. Mit einer fast ehrfürchtigen Bewegung stellte er seinen Stuhl vor de Bruin.

»Du hast Stühle?«, staunte der Bure.

»Warum nicht?«

»Ich hab' fünf Jahre lang auf Holzkisten gesessen. Um Stühle zu machen, hatte ich keine Zeit.«

Vivians Vater überlegte, wie er das Gespräch mit einem Mann beginnen sollte, der Stühle als Luxus betrachtete.

»Ich dachte«, sagte de Bruin und kam ihm zuvor, »dass du Hilfe brauchst.«

»Das ist aber nett von Ihnen.«

»Die Sache mit dem Gewehr hat mir nicht gefallen.«

»Sie wissen vom Gewehr?«

»Ja, meine Boys haben's mir erzählt.«

»Woher wussten die davon?«

»Von den Trommeln«, antwortete de Bruin. Er war verblüfft, dass er nach einer solchen Selbstverständlichkeit gefragt wurde, stand auf und stellte sich vor das Regal aus ungehobelten Brettern. Behutsam nahm er ein Buch heraus und streichelte den Ledereinband. »Muss schön sein, wenn man lesen kann«, stellte er fest.

»Ich kann auch nicht lesen«, erklärte Vivian.

»Aber du wirst es lernen. Männer wie dein Vater bringen ihren Kindern das Lesen bei.«

»Können deine Kinder lesen?«

»Wozu?«, fragte de Bruin, »die sollen arbeiten lernen. Hör mal«, fuhr er fort und starrte dabei ins Feuer, »wenn dieser Kerl, der dein Gewehr gestohlen hat, wieder auf die Farm zurückkommt, dann schieß ihn über den Haufen.« Er streichelte das Buch zärtlich und stellte es zurück ins Regal.

»Vivian«, sagte der Vater schnell, »hol Kamau und sag ihm, er soll Kaffee kochen.«

»Er steht doch die ganze Zeit schon vor der Tür und wartet, dass du ihn rufst«, freute sich Vivian.

Kamau kam herein und trug die Kaffeekanne. Er war glücklich, endlich gerufen zu werden, doch beleidigt, als der Bwana sagte, er würde selbst die Tassen aus dem Schrank holen. Es waren weiße Mokkatassen mit einem Goldrand. Die Löffel waren aus Silber, und auch eine Zuckerzange war da.

»Haben wir nicht mehr benutzt, seitdem wir aus Deutschland gekommen sind«, sagte der Vater.

»Was«, fragte de Bruin, »soll denn das sein?« Er hielt die Tasse weit von sich und kniff das linke Auge zu.

»Daraus trinkst du Kaffee?«

»Nur, wenn ich Besuch habe.«

»Um Gottes willen. Das Kind auch?«

»Das Kind«, protestierte der Vater, »trinkt doch keinen Kaffee.«

»Kein Wunder, dass sie so mager ist«, lachte de Bruin, »komm her«, rief er, wobei er eine Bewegung machte, als wollte er seine acht Kinder an sich drücken.

»Kamau, die anderen Tassen«, sagte der Bwana, und Kamau rieb sich vergnügt die Hände.

Langsam ging Vivian auf de Bruin zu. Sie war weißhäutige Menschen nicht mehr gewöhnt, und die meisten machten ihr Angst, aber de Bruin gefiel ihr. Er sagte Dinge, wie sie Jogona sagte, und er sprach nicht wie ihr Vater. Sie rieb ihr Gesicht vorsichtig an seiner Jacke aus Büffelhaut und zog den Duft von Tabak, Kaffee und Schweiß ein.

»Riechen alle Buren so?«

»Ha«, rief de Bruin, »du bist ein Kikuyukind, und dein Vater weiß es noch nicht. Komm, jetzt trinkst du Kaffee mit mir. Milch ist für Babys und Kälber.«

De Bruin eroberte die Herzen im Sturm. Obgleich er kein Wort verstand, hockte Kamau glücklich bei der Tür. Es gefiel ihm, dass der Bwana lachte, wenn der Bure ins Feuer spuckte. De Bruin berichtete von seiner Jugend in Tanganjika. Dort hatte er auch Deutsch gelernt.

»Das Wandern ist des Müllers Lust«, sang er plötzlich.

»Bwana, warum weinst du?«, fragte Vivian.

»Ich weine nicht«, antwortete ihr Vater. Vivian zeigte ihm nicht, dass sie ihn bei einer Lüge ertappt hatte.

Später sang de Bruin schwermütige Lieder in Afrikaans, der Sprache der Buren, und da musste Vivian ein bisschen weinen. Die Lieder erinnerten sie an die dunklen Wälder, in die sie nicht durfte, aber sie lief manchmal doch mit Jogona hin. Sie musste an die Affen denken, die man nur an ganz guten Tagen sah, aber sie genoss das Salz ihrer Tränen und dass ihr Vater die Melodien bald mitsummte.

De Bruin ließ die drei Kikuyu rufen, die in der Küche mit Tee und Zucker bewirtet worden waren. Neugierig kamen sie in die fremde Stube, traten sich gegenseitig auf die Füße und schubsten sich wie Kinder.

»Geht zu meiner Memsahib«, rief er, »und sagt ihr, ich bleibe die Nacht bei Bwana Warutta.«

»Wird sich deine Frau nicht ängstigen? Die Männer kommen doch erst gegen Morgen an.«

»Burenfrauen ängstigen sich nie.«

»Wer ist Bwana Warutta?«, fragte der Vater.

»Du«, antwortete Vivian schüchtern.

Es war ihr unangenehm, dass ihr Vater sich so vor de Bruin blamierte. Wie konnte er nicht über die Spitznamen Bescheid wissen? Der Name, den einer von den Klugen erhielt, war wichtiger als der eigene.

»Wo hast du bloß deine Ohren?«, fragte de Bruin. »Du bist der Bwana Warutta. Weißt du überhaupt, was Warutta heißt?«

»Schießpulver«, sagte Vivian und sah dabei wie Kamau aus, wenn er jemanden hereingelegt hatte.

»So ist es«, bestätigte de Bruin. »Aus dem Mund deines Vaters schießt es wie Pulver, wenn er wütend ist. Aber Pulver verfliegt schnell. Dann ist alles wieder, wie es war. Nicht wahr, Bwana Warutta?«

»Darf ich auch Du sagen?«, fragte der Vater statt einer Antwort.

De Bruin runzelte die Stirn. Er hatte die Frage nicht begriffen. In seiner Sprache, in Afrikaans, kannte man nur das Du. »Hab' ich«, fragte er, »was Falsches gesagt?«

»Du hast genau das Richtige gesagt.«

Kamau brachte die dritte Kanne mit dampfendem Kaffee und füllte neues Petroleum in die Lampen. Es war eine gute Nacht. Er hatte viel von den Männern von Bwana Mbusi erfahren, und sie würden überall erzählen, dass Kamau ihnen Zucker und Tee gegeben hatte und dass er so lange in der Stube sitzen durfte, wie er wollte. Zufrieden legte er ein Stück Holz in den Kamin und beobachtete die aufzüngelnde Flamme so gespannt, als hätte er noch nie ein Feuer brennen sehen.

»Vivian, du musst jetzt ins Bett«, drängte der Vater.

De Bruin duldete das nicht. »Kinder schickt man nicht ins Bett, wenn Besuch da ist.«

So lag Vivian mit dem weißen Boxer Polepole vor dem Kamin. Manchmal schloss sie die Augen, und wenn sie sie wieder öffnete, sah sie ihren Vater lachen. Einmal, als sie fest schlief, wurde sie davon wach, dass ihr Vater sang. Seine Stimme war nicht traurig wie sonst, sondern laut wie die eines angreifenden Büffels. »Ich hab' mein Herz in Heidelberg verloren«, sang der Vater. Danach musste er de Bruin die Geschichte vom Prinzen erzählen, der eine Kellnerin liebte und von ihr Abschied nehmen musste. »Ist die auch wahr?«, fragte de Bruin und sah aus wie ein Kind.

»Ja«, log Vivians Vater gut gelaunt.

»Dann werd' ich sie meinen Kindern erzählen. Die werden weinen und sich freuen.«

»Weinen deine Kinder denn gern?«, fragte Vivian.

»Ja, wenn es schöne Geschichten sind.«

Die Dämmerung kroch durch das offene Fenster. Bald würde man den Tau auf dem langen Gras sehen und die Kinder hören. »Dein Vater ist also noch in Deutschland«, hörte Vivian de Bruin fragen. Sie wusste, dass ihr Vater wieder traurig werden würde, und stopfte sich ihr Ohr mit Polepoles kleinem Stummelschwanz zu.

»Ja, und er wird dort sterben.«

»Wieso?«

»Alle Juden, die noch in Deutschland sind, müssen sterben.«

»Warum?«

»Hast du nie etwas von Konzentrationslagern gehört, mein Freund?«

»Doch«, sagte de Bruin, »die Engländer haben sie erfunden. Für uns Buren. Deutschland ist ein gutes Land.«

»Nicht mehr für Juden.«

»Warum lässt du deinen Vater nicht hierher kommen?« fragte de Bruin.

»Ich hab' kein Geld.«

»Was heißt Geld? Auf einer Farm wird jeder satt.«

»Stimmt«, sagte der Vater. »Aber das ist es nicht. Die hier verlangen Geld, wenn einer nach Kenia kommt. Viel Geld.«

»Wer?«

»Die Einwanderungsbehörden.«

»Die Schweine«, sagte de Bruin und spuckte ins Feuer, dass es zischte. »Was sage ich? Immer die Engländer.«

Wenn de Bruin auf die Engländer zu sprechen kam, war er ebenso wenig zu halten wie ein Bulle, der verrückt geworden ist und gegen alle Zäune läuft. Er hörte erst mit seinen wilden Reden auf, als die Sonne schon am Himmel stand.

»Muss zum Melken«, sagte er, und seine Stimme war wieder ganz ruhig. Wie der Stier, der mit einem Mal vergisst, weshalb er so getobt hat.

»Ich hoffe, du kommst wieder. Auch wenn niemand ein Gewehr klaut.«

»Du bist sehr allein hier«, erwiderte der Bure, »keine Frau, nur ein Kind. Das ist nicht gut für einen Mann.«

»Manchmal glaub' ich, ich ertrag's nicht länger.«

»Du brauchst eine Frau«, sagte de Bruin.

»Daran hab' ich nun wieder nicht gedacht, mein Freund.«

»Ich weiß eine«, sagte de Bruin, »das wollt' ich dir schon die ganze Zeit sagen. Sie wohnt ganz in der Nähe. Bei einer Freundin in Ol'Kalau, und sie ist noch jung und hat anständige Hüften.«

Vivian grübelte gerade, was ihr Vater mit einer Frau machen sollte und weshalb ihr das Gespräch nicht gefiel, als de Bruin schon wieder von der Frau sprach.

»Was dich aber am meisten interessieren wird: Sie kommt aus Deutschland«, sagte er.

»Die deutschen Hüften haben es mir angetan«, lachte der Vater, und Vivian hätte ihm gern gesagt, dass er wie ein Esel aussah. Doch sie traute sich nicht. Ihr Vater hatte nicht den richtigen Sinn für die Art von Späßen, die sie liebte.

»Ich werd' sie dir herschicken«, versprach de Bruin.

»Bist du Heiratsvermittler?«

De Bruin hatte das Wort nie gehört, aber er schien trotzdem zu wissen, dass von der Frau die Rede war. »In deinem Alter«, sagte er, »sollte man Kinder machen. Und sie versteht etwas davon. Sie ist Lehrerin.«

»Dein Gemüt möcht' ich haben, de Bruin«, sagte der Vater, und Vivian fand, dass er nicht mehr wie ein Esel aussah, sondern wie ein Hund, der eine Spur entdeckt hat. Die Glut im Kamin war kalt geworden. De Bruin stand auf, streckte sich gähnend und zog den Strick, der die Hose hielt, fest um seinen Leib.

»Jetzt muss ich wirklich gehen. Beim Melken bin ich gern dabei.«

»Ich auch«, sagte der Vater, und Vivian, die nicht wusste, was Ironie war, ärgerte sich, dass er log.

Noch mehr ärgerte sie sich, als de Bruin schon im Auto saß, und ihr Vater noch einmal auf die Frau in Ol'Kalau zu sprechen kam.

»Vielleicht könntest du sie mir mal vorstellen. Ich meine, die Frau, von der du erzählt hast.«

»Das nenn' ich klug«, sagte de Bruin und drückte auf die Hupe.

»Ich meine doch nur, weil sie Lehrerin ist. Vivian müsste längst zur Schule.«

»Das Kind braucht Brüder und Schwestern und nicht Bücher. Also, ich schick' sie dir«, versprach de Bruin und lachte, als er Vivian nach der zerbeulten Tür seines Wagens treten sah.

»Du bist doch eine Kikuyufrau«, sagte er, »da weißt du auch, dass ein Mann zwei Frauen haben darf, wenn er reich genug ist.«

»Wir sind aber nicht reich«, klärte Vivian ihn auf.

5

Ich glaube, die Heuschrecken kommen heute nicht«, sagte Vivian sehnsüchtig. Sie ließ das Wort für Heuschrecken auf der Zunge zergehen. »Nsigi«, wiederholte sie. Es war ein gutes Wort, das Aufregung und Lärm brachte.

»Nein«, bestätigte Jogona, »der Wind wird uns heute keine Heuschrecken bringen.«

Die Kinder sahen die Heuschrecken gern auf die Farm fliegen. Überall wurden am Rande der Felder kleine Feuer entzündet, denn die Heuschrecken mieden Flammen und Rauch. Die Arbeiter von den Schambas liefen kreischend umher und schlugen mit langen Stöcken gegen dünne Blechscheiben, um die jede Fruchtbarkeit vernichtenden Heuschrecken zu vertreiben und sie durch Lärm so zu ängstigen, dass sie über die Felder hinwegflogen. Am schönsten war es, wenn die ersten Schwärme dicht über den Köpfen der Kinder hinwegflogen. Da konnte man ihnen die Flügel ausreißen, stopfte sie in den Mund und fühlte erst das Schlagen auf der Zunge und dann den warmen Saft und das zarte Fleisch.

»Wenn dein Vater sieht, dass du Heuschrecken isst«, sagte Jogona, »wird er böse werden. Die Weißen essen keine Heuschrecken.«

»Ich esse sie.«

»Du bist auch nicht weiß«, sagte Jogona, doch er lachte

nicht. Es machte einen guten Witz noch besser, wenn der Erzähler nicht beim Sprechen lachte.

»Wenn die Nsigi heute nicht kommen, was werden wir tun?«, fragte Jogona gelangweilt. Er sah den Bwana aus dem Haus treten. Sobald die Heuschrecken kamen, war Angst auf dem Gesicht des Bwana, und Jogona sah das gern. Jetzt aber war der Bwana fröhlich.

»Vivian«, rief er, »komm dich waschen.«

»Jetzt«, fragte Vivian zurück, »jetzt soll ich mich waschen?« Sie überlegte einen Moment lang, ob ihr Vater ein neues Spiel erfunden hatte, denn sie hatte sich schon lange nicht mehr gewaschen, wenn die Sonne hoch am Himmel stand, aber ihr Vater erfand selten brauchbare Spiele.

»Jetzt soll ich mich waschen?«, fragte sie noch einmal zurück und bemühte sich, dabei wie ein angreifender Stier auszusehen. Es gelang ihr gut, aber ihr war klar, dass ihr Vater die Ähnlichkeit nicht erkennen würde.

»Wir bekommen Besuch«, sagte er.

»Wer kommt?« Der Tag schien sich doch noch gut zu entwickeln.

»De Bruin.«

»Und da soll ich mich waschen?«, sagte Vivian erfreut, denn nun war sie ganz sicher, dass es sich um ein neues Spiel handelte, aber ihr Vater dämpfte die Freude wieder. Seine Worte waren wie plötzlicher Regen, der ein schönes Feuer zum Erlöschen bringt.

»De Bruin bringt jemanden mit.«

»Wer?«

»Wen«, verbesserte der Vater ungeduldig, »es heißt: wen bringt er mit.«

»Wen also?«, gab Vivian nach. Offenbar war ihr Vater endlich dabei zu lernen, dass man nicht alles Wichtige auf einmal sagte. Sie sah ihn an und ließ Licht in ihre Augen.

»Eine Dame«, sagte er.

»Also, eine Frau«, verbesserte Vivian in dem gleichen Ton wie zuvor der Vater.

»Sie wird dir gefallen.«

»Gefällt sie dir?«

»Ich kenne sie noch nicht«, sagte der Vater widerstrebend.

»Du kennst sie noch nicht, aber du weißt, dass sie mir gefallen wird.«

In Vivians Stimme war auch nicht ein Hauch von Ironie, dafür sehr viel Staunen. Die Sache begann ihr zu gefallen.

»Wir bekommen Besuch, Jogona«, sagte sie und betonte jede einzelne Silbe.

»Ich weiß«, erwiderte der Junge. Er gab sich viel Mühe, so auszusehen, als sei er nach langem Schlaf erwacht.

»Jogona weiß es.«

»Fein«, sagte der Bwana, »wirklich schlau von ihm.«

»Jogona, mein Vater sagt, du bist klug«, missverstand Vivian.

»Der Bwana will, dass du der Frau gefällst, die jetzt kommt«, sagte Jogona.

»Soll ich der Frau gefallen, die jetzt kommt?«, wollte Vivian wissen, doch ihr Vater war schon ins Haus zurückgegangen.

Jogona legte sich auf die Erde und drückte sein Ohr fest auf den Boden. »Ich hör' den Wagen von Bwana Mbusi.«

»Du hörst gut«, sagte Vivian, »ich muss jetzt gehen.«

Wenn die Heuschrecken schon nicht kamen, war eine fremde Frau auf der Farm wenigstens eine Abwechslung. Vivian hörte Kinanjui mit Kamau in der Küche streiten; die Aussicht auf einen Wortwechsel stimmte sie fröhlich. Sie war bereit, sich waschen zu gehen, aber ihre Füße waren noch nicht bereit, ihr zu gehorchen. Zu sehr spürte Vivian, wie der Tag nach Aufregung roch. Sie rührte sich nicht, bewegte nur ihre Augenlider. Im selben Moment sprach Jogona. Seine Stimme war ganz dicht an ihrem Ohr und sehr dunkel.

»Ich hab' schon die Hunde gefüttert«, sagte er.

»Ich weiß. Ich war dabei.«

»Das ist gut, dass du es weißt.«

De Bruins alter Wagen keuchte den steilen Berg hoch. Die Hunde vergaßen die Hitze und bellten. Kamau vergaß seinen Streit mit Kinanjui und lief vor das Küchengebäude. Vivian vergaß, dass sie sich hatte waschen wollen.

Jogona vergaß, dass man sich Zeit zum Reden zu nehmen hatte, und fragte: »Kommst du mit?« Seine Stimme war scharf wie ein Messer.

»Nein«, erwiderte Vivian, obgleich sie wusste, dass es nicht stimmte, »ich komme nicht mit.«

»Warum kommst du nicht mit?«

»Wir bekommen Besuch.«

Jogona sah sie lange an. In seinem Gesicht bewegte sich kein einziger Muskel, und sein ganzer Körper war so ruhig wie hoch gewachsenes Gras an einem windstillen Tag. Er holte Kraft in die Zunge.

»Bald wird mich der Vater von meinem Vater rufen«, sagte er.

»Der Muchau«, entfuhr es Vivian. Ohne dass Jogona noch ein Wort zu sagen brauchte, rief sie in Richtung des Hauses: »Ich komm bald, ich komm bald.«

»Geh nur«, hörte sie den Vater rufen.

»Mein Vater sagt, ich kann mit dir gehen.«

»Du wärst auch so gekommen«, antwortete Jogona.

Seine Augen waren satt und dunkel. So sahen Hunde aus,

die nach langer Jagd eine Gazelle gerissen hatten. Jogona rannte voraus und Vivian, die Hände in den Hosentaschen, hinter ihm her. Sie war sicher, dass es sich bald lohnen würde, ihn einzuholen.

Die Kinder liefen durch die Maisfelder dicht am Waldrand und auf den kleinen Hügel zu, auf dem die Klippschliefer im Morgengrauen spielten. Jogonas kahler Schädel glänzte in der Sonne. Silbern spiegelten sich die Schweißtropfen auf seiner Kopfhaut. De Bruins Wagen war nur noch ein kleiner schwarzer Punkt. Die Frau neben ihm sah aus wie ein winziger Sonnenfleck.

»Geh'n wir jetzt zum Vater von deinem Vater?«, keuchte Vivian. Sie war erschöpft vom Laufen und blieb in einer rötlichen Staubwolke stehen. Die feinen Körner fielen als Schleier auf ihre nackten Füße.

Jogona blickte zum Himmel und tat so, als müsste er wieder nach Heuschrecken suchen. Seine Augen waren voller Spott. Er hielt die Arme von sich gestreckt und den Mund offen. Vivian fand, dass er klug aussah und wie ein Mann. Sie freute sich an seinem Schweigen, aber natürlich sagte sie das nicht und blickte angestrengt zu einer Herde grasender Zebras. Das schwarzweiße Muster der Streifen zerschnitt das grelle Licht. Jetzt würde Jogona von der Zeit sprechen, als Vivian noch nicht wusste, dass man Zebras gestreifte Esel nannte. Es würde ein guter, langer Tag werden. Auch ohne Heuschrecken.

»Heute gehen wir nicht zum Vater von meinem Vater«, sagte Jogona stattdessen. Seine Stimme bemühte sich um Ruhe, aber seine Zehen, die sich durch das kurze Gras wühlten, verrieten ihn. Er hatte früher als erwartet gesprochen und nicht von Zebras, doch er wusste, dass Vivian seine Unsicherheit bemerken würde. Er fühlte sich wie ein

Jäger mit schlafenden Augen, der nachts in seine eigene Falle stolpert, und er sah Vivian feindselig an.

Vivian pflückte einen Grashalm mit ihren Zehen und steckte ihn mit dem Fuß in den Mund. Dann kratzte sie sich am Ohr wie ein Affe, dem es nicht um die Flöhe, sondern um den Spaß am Kratzen geht, und spottete leise. »Der kluge Jogona hat vom Muchau gesprochen. Nicht ich. Wusstest du das nicht?«

Als Jogona nicht antwortete und immerzu mit einer Fliege spielte, die seinen Arm entlangkroch, begriff sie, dass noch nicht einmal zehn Büffel ihm ein weiteres Wort über den Medizinmann entreißen würden. Steifbeinig ging Vivian auf einen Ameisenberg zu und stieß ihn mit einer Bewegung ihres Fußes um. Sie griff in die aufgeschreckten Tiere und setzte eine dicke, weiße Ameise auf ihre Hand. Als die Ameise bis zur Schulter gekrochen war, zerdrückte sie sie sorgsam und steckte sie in den Mund. Der säuerliche Geschmack war ihr zuwider, aber sie lächelte, als sei nichts geschehen, und sagte: »Süß. Süß wie Honig.«

»Du bist eine Kikuyu«, lobte Jogona. Er machte sich bereit, die Gelegenheit zu einem neuen Gespräch zu nutzen.

»Und du ein Lumbwa.«

Der Pfeil traf. Kein Kikuyu ließ sich Lumbwa nennen und kein Lumbwa einen Kikuyu schimpfen. Die Kluft zwischen beiden Stämmen war zu groß.

»Was soll das heißen?«, fragte Jogona drohend.

»Du lügst wie ein Lumbwa.«

Jogona kratzte sich am Bein, bis es blutete, und Vivian fraß mit beiden Augen seine Verlegenheit.

Mit Tau in der Stimme fuhr sie fort: »Du hast gesagt, du willst mir den Vater von deinem Vater zeigen, aber jetzt stehst du da wie ein Esel vor einer Schlange. Also«, spuckte

sie verächtlich und ganz dicht an Jogonas Fuß vorbei, »lügst
du wie ein Lumbwa.«

Jogona ließ sich Zeit. Er hatte nichts mehr zu verlieren und
wusste es. »Ich zeig' dir«, schlug er vor, »meinen Bruder.«

»Ich kenne alle deine Brüder.«

»Den nicht.«

»Doch«, sagte Vivian und tat so, als müsste sie mit einem
Hund ohne Verstand sprechen, »ich kenne Burugu, Kanja
und Chepoi. Und ich kenne Jogona. Ja, Jogona kenne ich
auch.«

»Heute kommt noch ein Bruder«, sagte Jogona unbewegt.

»Woher?«

»Er kommt.«

»Er kommt«, äffte Vivian ihn nach, »er kommt wie der
Muchau. Nicht wahr, so kommt er doch?«

»Nein. Er kommt aus dem Bauch meiner Mutter.«

»Kein Kind kommt aus dem Bauch seiner Mutter. Du lügst
schon wieder, du Lumbwa.«

Jogona erkannte seinen Sieg sofort. Vivians wütendes Gesicht hatte sie noch mehr verraten als ihre Worte. Er fühl
te, wie er in einem einzigen Moment groß und stark wurde
und wie sich seine Muskeln spannten; er lachte mit der
Stimme eines Affen, der einer brütenden Vogelmutter die
Eier stiehlt.

»Komm, wir gehen«, sagte er. Ohne Vivian anzusehen,
wusste er, dass sie ihm folgen würde.

»Wohin?«

»Zu den Hütten.«

»Mein Vater wird mich suchen.«

»Dein Vater«, sagte Jogona langsam und betonte die Worte
wie einer, der zu einem mit alten Ohren spricht, »sucht
heute nicht nach dir.«

»Das weiß ich«, erinnerte sich Vivian. Sie überlegte angestrengt, was Jogona wohl meinte.

Die Hütten von Jogonas Vater Kimani, dessen Bruder Chai
und dessen Schwager Katinga lagen am Waldrand, hundert Schritte von den übrigen Hütten entfernt. Sie waren
rund, aus Lehm und Dung gebaut und hatten Grasdächer.
Abends war Vivian oft dort gewesen. Da hockten die Männer vor den Hütten. Der weiße Maisbrei kochte in großen
Schüsseln auf dem offenen Feuer. Um die Mittagszeit aber
sahen die Hütten fremd aus. Nur ein paar kleine Kinder
spielten davor. Sie blickten Vivian scheu an und kicherten.
Bis auf dünne Ketten aus winzigen, bunten Glasperlen, die
sie um den Bauch trugen, waren sie nackt. Nur ein etwa
zweijähriger Junge stolperte auf Vivian zu. Er hatte einen
aufgeblähten Leib mit hervorstehendem Nabel. Seine
Haut glänzte, und die Augen wirkten wie die ersten Regentropfen nach langer Dürre.

»Misuri«, sagte Vivian. Misuri hieß gut, aber sie hatte das
oft gebrauchte Wort anders gemeint. Misuri hieß auch
schön. Aber Jogona fühlte nicht mit seinen Augen. Nie
würde er begreifen, was Schönheit war, und niemals würde
er irgendwo Schönheit suchen.

»Es darf dich keiner sehen«, flüsterte er.

»Warum?«

»Sie schicken uns fort.«

»Weshalb?«

»Frauen sind so.«

»Bin ich eine Frau?«

»Ich spreche nicht von dir«, sagte Jogona unwillig.

»Ich will nach Hause«, drängte Vivian.

Sie sehnte sich nach Dunkelheit und Kühle und hatte Verlangen nach ihrem Vater, doch Jogona griff nach ihrem

Arm und hielt ihre rechte Schulter fest. Der Junge zog das Mädchen hinter sich her wie ein Mann, der der Frau beibringen will, wer der Stärkere ist. Er schob sie ins hohe Gras, das den Kindern wegen der Schlangen verboten war, warf sich hin und drückte Vivian in die Knie.

»Schnell, leg dich auf den Bauch. Schau in die Hütte von Mama Warimu.«

Einen Moment lang fühlte sich Vivian wieder sicher und geborgen. Vor langer Zeit hatte Jogona sie zu Mama Warimu geführt. Damals war ein Gewitter aufgekommen, und die Kinder hatten Schutz in der Hütte gefunden, aber die Erinnerung an die Stunde wurde fortgeschwemmt wie ein Baumstamm, der über einem Fluss liegt und als Brücke dienen soll, der aber dem Regen nicht widerstanden hat.

Viele Frauen, alte und junge, standen in der Hütte, aus der dunstiger Qualm vom offenen Feuer drang. Die Flammen erstickten im Rauch. Mama Warimus Stimme war wie die eines Tieres, das sterben will. Vivian hatte nicht gewusst, dass Menschen wie Tiere stöhnen können, doch Jogona hielt ihr die Hand vor den Mund, und sie konnte ihn nicht danach fragen. Da sah sie Mama Warimu. Sie lag auf einem Sack aus grober Jute und hatte die Beine so eng an sich gepresst, dass die Knie ihren dicken Bauch berührten. Einen Augenblick war alles still, aber danach schrie Mama Warimu wieder. Sie versuchte, sich aufzurichten, fiel jedoch zurück und wimmerte leise wie ein Hund, der in der Trockenzeit geboren wird und sich beim Einsetzen des großen Regens fürchtet.

Ein Kind jammerte kurz und wurde vor die Hütte geschoben. Es fiel zu Boden und blieb liegen, ohne sich ein einziges Mal zu rühren. Vivian hörte Jogona keuchen, und um sie verfärbte sich die Welt. Alles wurde grell und rot. Das

Wort Blut hämmerte in ihren Schläfen, bis sie glaubte, ihr Kopf würde zerspringen. Jetzt begriff sie, was Jogona ihr hatte zeigen wollen. Sie fühlte einen stechenden Schmerz in ihrem Körper und dachte, sie hätte geschrien, aber dann erkannte sie, dass es Mama Warimu war, die da schrie. Nur einen Moment lang. Dann war alles still.

Die Frauen standen wie große Vögel um Mama Warimu. Ein Mädchen mit sehr heller brauner Haut und nackten Brüsten trat vor die Hütte. Es schüttete Wasser aus einer großen, ausgehöhlten Kürbisfrucht und nahm sich gar nicht die Zeit zu sehen, wie die Erde in gierigen Zügen trank, sondern ging zu den Frauen zurück.

Langsam wurde Vivian bewusst, dass die Angst aus ihren Muskeln und Knochen geflohen war. Sie war noch ein wenig traurig, aber sie wusste nicht weshalb, und doch war sie auch stolz. Wie sie da neben Jogona lag, begriff sie, dass sie ein Geheimnis erfahren hatte, das aus Mädchen Frauen machte. Sie schloss die Augen. Jogonas Hand lag in ihrer. Sie fühlte den Druck seiner Finger und genoss die Wärme, die den heißen Tag zum Glühen brachte.

Da zerschnitt ein hoher Ton die Stille.

»Das Kind weint«, sagte Vivian.

»Ich hab' nichts gehört«, widersprach Jogona.

»Männer hören das nicht sofort«, erklärte Vivian.

Das Leben kam zurück in die Frauen, die um Mama Warimu standen. Ihr Lachen war sanft wie der Gesang der Vögel, ehe der Tag anbricht. Mit diesem Lachen kehrten die vertrauten Geräusche auf die Farm zurück. Die Männer sangen auf den Feldern, der Hund Simba bellte, und im Wald lärmten die grünen Meerkatzen und die Paviane.

»Komm«, sagte Vivian. Sie fühlte, dass es nun an ihr war, zu reden und zu befehlen, stand auf und zog Jogona hinter sich her wie eine Mutter ihr Kind. Sie rannte zur Hütte und drängte sich zwischen die Frauen. Achtlos stieß sie den blutbefleckten Sack zur Seite und kniete vor Mama Warimu. Das Kind hatte noch sehr helle Haut und die gleichen rosa Fußsohlen wie ein Affe. Vivian sah, dass es ein Junge war und streichelte den ganzen Körper. Seine feuchte, noch blutbefleckte Haut erschien ihr schöner als alles, was sie je gesehen hatte.

Aufmerksam betrachtete sie die Nabelschnur, die auf dem Sack lag; sie fürchtete sich nicht mehr vor Blut. Von allen beobachtet, griff Vivian nach der Hand des Kindes. Erst leise und dann laut zählte sie seine Finger. Zunächst hatte sie Suaheli gesprochen, aber sie ging bald zur Kikuyusprache über, damit die Frauen sie auch verstehen konnten. Die lachten und klatschten und wollten immer wieder den Zauber der Zahlen hören. Als sie ihn begriffen, machten sie aus den Worten eine Melodie.

»Misuri«, sagte Vivian, und zum zweiten Mal an diesem Tag sprach sie von der Schönheit, die Jogona nicht sah und nie finden sollte. »Misuri sana«, bekräftigte sie. Ein salziger Geschmack machte ihren Mund trocken, und sie fragte sich, wann und weshalb sie wohl geweint hatte.

»Gehen wir«, befahl Jogona. Er verließ die Hütte mit den großen, festen Schritten eines Mannes, der sich nicht um Frauen und Kinder kümmert. Zögernd folgte ihm Vivian.

»Ich werde den Tag nicht vergessen, Jogona.«

»Warum?«, fragte er träge, obwohl er die Antwort kannte. Die Kinder liefen denselben Weg zurück, den sie gekommen waren, aber ihre Bewegungen waren nun ruhig und gleichmäßig. Der Tag hatte sie satt gemacht, und die langen Schatten der untergehenden Sonne tanzten wie die Nandikrieger, wenn sie sich an ihrer Jagdbeute freuten.

»Warum schaust du immer nach hinten?«, fragte Jogona, als das Haus in Sicht kam.

»Ich wollte noch einmal die Hütte sehen.«

»Du wirst über deine Füße fallen.«

»Dann liegen wir wieder zusammen im Gras«, kicherte Vivian. Sie wunderte sich nicht, dass Jogona nicht mitlachte.

»Dein Vater wartet schon«, sagte er, obgleich er gar nicht in die Richtung des Hauses geblickt hatte.

Der Bwana stand an der wuchernden Hecke mit den lila Kletterblumen und dunkelgrünen Blättern. Neben ihm stand eine junge Frau. Ihr Rock flatterte im Wind, und sie hatte Haare in der Farbe der hellen Rosen. Da erst erinnerte sich Vivian an den Besuch und dass sie sehr lange fort gewesen war. Sie drehte sich nach Jogona um, aber er war verschwunden. Zögernd ging Vivian auf ihren Vater zu.

»Wo bist du gewesen?«

»Nirgends.«

»Das ist unser Gast«, sagte der Vater; er erinnerte Vivian an einen Hahn, der eine Henne verfolgt, »sie heißt Hanna und wird dir gefallen.«

Es fiel Vivian auf, dass ihr Vater die gleichen Worte gebrauchte wie am Morgen. Sie lächelte ihm zu, weil er endlich das Spiel der Wiederholungen begriffen hatte.

»Gefällt sie dir?«, fragte Vivian, aber da merkte sie, dass ihr Vater doch nichts wusste.

»Sehen Sie, Hanna«, sagte der Vater und krähte noch immer ein bisschen wie ein Hahn, »ich hab' nicht übertrieben. Meine Tochter ist eine Wilde.«

»Aber nein«, lachte die Frau, »ich finde sie entzückend. Komm Vivian, ich freue mich so sehr, dich kennen zu lernen.«

Die Stimme und die Frau gefielen Vivian. Sie war gerade dabei, nach der ausgestreckten Hand zu greifen, als ihr Jogona einfiel. »Du schläfst auf den Augen«, hatte er einmal gesagt, wobei er gemeint hatte, dass Vivian sich die Dinge nicht genau genug betrachtet hatte.

»Wo ist de Bruin?«, fragte sie und holte die Hand zurück, die sie der Frau hatte reichen wollen.

»Er ist zurück auf seine Farm«, sagte der Vater.

Vivian tat, als sei der Bwana nicht da. Sie starrte die Frau an, bis sie glaubte, ihr würden die Augen aus dem Kopf springen.

»Hat dich mein Vater gekauft?«, fragte sie.

»Nein, ich bin nur Besuch«, lachte Hanna.

»Nur Besuch«, wiederholte Vivian, »Besuch haben wir gern.« Sie gab Hanna die Hand. »Wir haben nämlich kein Geld für eine Frau.«

»Sehen Sie, Hanna«, sagte der Vater, »manchmal ist sie auch noch ein Baby.«

»Ja«, bestätigte Vivian und biss sich auf die Zunge, um nicht laut zu lachen, »ja, Bwana, ich bin ein ganz kleines Baby.«

6

»Wenn der Bwana kommt«, drängte Vivian und bemühte sich, ihren Eifer nicht zu sehr zu zeigen, »dann fragst du ihn nach der Memsahib.« Sie sah den alten Hirten Choroni an und ließ ihn lange in ihre Augen blicken, damit er merkte, wie wichtig ihr die Sache war. Choroni wusste es auch so.

Die Memsahib war Hanna. Alle weißen Frauen wurden Memsahib gerufen, doch Hanna hatte schon am zweiten Tag auf der Farm ihren Spitznamen erhalten. Das war vor sechs Monaten. Damals hatte Jogona es Vivian erzählt. »Sie heißt Memsahib Tingatinga.«

»Tingatinga« war das Wort für Maschine, und selbst die kleinen Kinder und ganz bestimmt auch die Hunde merkten, um welche Art von Maschine es sich bei Hanna handelte. Die Frau war eine Redemaschine. Sie ließ ihren Mund so schnell arbeiten wie eine Maschine, die einen sehr schweren Pflug zu ziehen hat. Niemand außer dem Bwana fand das gut.

Manchmal, wenn Vivian Hanna sah, sang sie leise »Tingatinga« vor sich hin. Hanna konnte viel zu wenig Suaheli, um das zu verstehen. Außerdem hatte sie den Mund zu voll mit Worten, um richtig nachdenken zu können. Und Vivian fand, ihr Vater hatte die Ohren zu voll mit einer fremden Stimme gestopft, um mit seiner Tochter so zu reden wie an den Tagen, ehe Hanna auf die Farm gekommen war.

»Du bist eifersüchtig, mein Kind«, hatte Hanna am Tag zuvor zu ihr gesagt.

»Was heißt das?«, wollte Vivian wissen.

»Das erzähl’ ich dir, wenn du älter bist«, lachte Hanna.

»Tingatinga«, sang Vivian eine Spur zu laut.

»Was heißt das?«

»Das erzähl’ ich dir, wenn du älter bist.«

»Es muss etwas geschehen«, sagte Hanna.

Vivian wunderte sich sehr, dass Hanna genau das ausgesprochen hatte, was sie selbst dachte. Sie grübelte noch darüber, als sie im Stall stand und Choronis Haut roch. Er roch so gut nach Kühen, aber Vivian ließ sich keine Zeit, den Geruch wie sonst zu genießen.

»Choroni«, drängte sie, »du fragst ihn doch …«

»Warum fragst du ihn nicht?«

»Ich habe Angst«, erklärte Vivian. Sie liebte Choroni, weil er der einzige Mensch war, mit dem man über Angst sprechen konnte, ohne dass er lachte wie Jogona oder traurig aussah wie der Vater.

Als der Vater den Stall betrat, stellt sich Vivian hinter die große Kuh. Sie hielt deren Schwanz vors Gesicht, wie ein kleines Kind, das nicht gesehen werden will.

Choroni ließ den weißen, warmen Strahl der Milch durch seine Finger gleiten und in den Blecheimer tropfen. Er summte dabei das alte Lied vom Mann, der seine Ziege sucht, und er beobachtete den Bwana aus fast geschlossenen Augen. Die Zeit war gekommen.

Seitdem die Memsahib, die so viel redete, auf der Farm war, lachte der Bwana nicht mehr so wie früher mit Choroni. Das verwunderte den alten Hirten nicht. Choroni hatte mehr Regenzeiten erlebt als irgendwer sonst auf der Farm, und er kannte die Menschen. Ein Mann hatte kein Ohr mehr für die Scherze eines anderen Mannes, sobald er sich eine Frau nahm. Jedenfalls nicht in der ersten Zeit, und Choroni war alt. Er wusste nicht, ob er noch die Tage erleben würde, wenn der Bwana wieder Ohren für ihn hatte.

Er hörte Vivian hinter der Kuh atmen. Choroni tat es gut zu wissen, dass das Kind vom Bwana so wie er dachte. Es kam nicht oft vor, dass die Kinder der weißen wie die schwarzen Menschen dachten. Der greise Hirte sah nur die Kuh, nicht den Bwana an, als er die Frage stellte: »Bwana, hast du Ziegen?«

»Warum«, erwiderte der Bwana verblüfft, »soll ich Ziegen haben? Ich hab' doch dich, mein Freund.«

Die Worte machten den Tag süß. Choroni wäre zufrieden gewesen, sie immer wieder zu kosten. Er hätte sie in sich hochgewürgt wie die Kuh das Gras, aber dem Bwana war nicht zu trauen. Er verstand sich nicht auf Gespräche. Er wusste nicht, dass die Worte immer wieder neu gesagt werden mussten. Es war traurig, dass gerade der Bwana, den Choroni mehr liebte als je einen Bwana zuvor, das Gedächtnis eines Affen hatte.

»Du hast also keine Ziegen«, stellte Choroni klar.

»Was ist mit dir los, Choroni?«

»Mit mir nichts, aber mit dir.«

»Warum?«

»Du hast dir eine Frau genommen und nichts dafür gegeben.«

Der Bwana sah Choroni aufmerksam an, und Choroni sah durch die Kuh hindurch Vivian an. Ihr Atem ging wie der eines Geparden, der auf der Jagd ist.

»Bwana, nur eine schlechte Frau kostet nichts«, fuhr Choroni fort.

»Und eine gute?«

»Für die gibt man Ziegen. Und wenn sie wegläuft, dann bekommt man die Ziegen zurück.«

»Von wem?«, fragte der Bwana wie ein Kind, das nicht weiß, dass die Sonne am Himmel sitzt.

»Vom Vater der Frau bekommt man die Ziegen zurück, wenn die Frau wegläuft.«

»Das hätte ich früher wissen müssen.«

»Was, Bwana?«

»Das mit den Ziegen.«

Choroni seufzte. Ihm war, als hätte er einen Stein verschluckt. Er wollte von Frauen reden, und der Bwana sprach von Ziegen. »Alle«, bohrte er weiter und ließ die letzte Milch aus dem Euter der braunen Kuh in seinen Mund fließen, »sagen, dass du die Frau gekauft hast.«

»Glaubst du, was alle sagen?«

»Ich weiß nicht«, sagte Choroni, »ich weiß nicht.«

»Dann will ich dir was sagen. Ich hab' die Frau nicht gekauft.«

»Und du wirst sie nicht kaufen?«

»Das weiß ich nun wieder nicht.«

»Kauf dir«, sagte Choroni weiter, »keine Frau, wenn du nicht weißt, ob sie gut ist.« Er beobachtete, wie Vivian aus dem Stall ging.

»Warum denn, Choroni?«

»Eine schlechte Frau ist nichts für dich.«

»Du weißt doch nicht, ob sie schlecht ist.«

»Doch, Bwana«, seufzte Choroni, »du hast keine Ziegen, und wenn du keine Ziegen hast, kannst du keine Frau kaufen. Und eine Frau, die nichts kostet, ist schlecht.«

»Du bist ein guter Mann, Choroni«, sagte der Bwana und sang: »Ich hatt' einen Kameraden.«

Choroni fühlte, wie seine schmerzenden Knochen leicht wurden, und dann lachte er. Aber er lachte so, dass es der Bwana nicht merkte. Ganz tief in seinem Bauch lachte er, während der Bwana noch immer sang.

Vivian saß mit Jogona unter der Dornakazie vor der Küche. Sie konnte Hanna sehen, Hanna konnte sie jedoch nicht sehen, und das war ein herrliches Gefühl, das stark und frei machte. Hanna buk Brot. Vivian hörte, wie sie den Teig auf dem Holztisch knetete, sie wusste, dass ihr Vater bald in die Küche kommen würde, um Hanna dabei zu beobachten. Er wurde es nie leid, dieser redseligen fremden Frau beim Brotbacken zuzusehen.

»Dann sieht er wieder aus wie ein Hahn, der auf die Henne steigt«, sagte Vivian.

»So sieht er immer aus, wenn die Memsahib Brot macht«, verstand Jogona.

»Aber er will sie nicht kaufen. Ich hab's gehört, wie er's Choroni erzählt hat«, sagte Vivian glücklich.

»Eines Tages werden wir heiraten«, hörte Vivian ihren Vater in der Küche sagen, und sie grübelte, ob er wohl bald wie ein Hahn krähen würde.

»Wenn Vivian es erlaubt!«

»Wie kommst du denn darauf?«

»Manchmal glaub' ich, sie mag mich nicht.«

»Sie hat dich doch gern. Du hast ihr Lesen und Schreiben beigebracht, und du siehst doch selbst, was sie für eine eifrige Schülerin ist.«

Vivian schüttelte den Kopf und presste die Zähne fest zusammen. Sonst hätte sie wie eine Hyäne lachen müssen. Was hatte Lesen mit Gernhaben zu tun? Sie las gern, und sie schrieb gern, aber deswegen musste sie doch Hanna nicht gern haben. Sie wollte es gerade Jogona erzählen, was Hanna gesagt hatte und wie seltsam der Bwana sich benahm, doch Jogona ließ sie nicht zu Wort kommen. Er bohrte im Nabel und hörte Musik.

Das Beste an der fremden Frau, die so viel redete, war die Maschine, die wirklich reden konnte. Mit Hannas Radio saßen Vivian und Jogona stundenlang unter der Dornakazie in der Nähe vom Küchengebäude. Sie wiegten ihre Körper zum Rhythmus der Musik und berauschten sich an Worten, die sie nicht verstanden.

Wenn Jogona den fremden Klang aus der Dunkelheit hörte, war er so ergriffen, dass sich seine Augen manchmal mit Tränen füllten. Weil er aber nicht mehr geweint hatte, seitdem er nicht mehr an der Brust seiner Mutter saugte, kannte er nicht die Sprache der Tränen und bemerkte sie nicht, wenn sie ihm die Augen füllten.

Es war ein schöner Tag.

»Septembertage sind immer schön«, sagte der Bwana und dachte an einen deutschen Herbst.

Kamau sang das Lied vom Mann, der Urlaub in Kilindi machen wollte. »Mimi na taka ruksa, Bwana«, schmetterte er, und der Bwana tat ihm den Gefallen mitzuspielen.

»Warum willst du Urlaub machen?«

»Bwana, ich singe doch nur«, sagte Kamau und bemühte sich, gekränkt auszusehen.

Der Bwana bemerkte es nicht. Seine Gedanken waren weit fort. An einem Septembertag hatte er einmal eine Fahrt auf dem Rhein gemacht. Er stellte sich Kamau als Kapitän auf einem weißen Rheinschiff vor und musste lachen.

»Warum lachst du?«, fragte Hanna.

»Weil ich Vivian das Lied von der Loreley beibringen will. Ich weiß nicht, was soll es bedeuten«, summte er.

»Ich auch nicht«, antwortete Hanna.

Sie sah Vivian und Jogona in die Küche kommen.

»Wo kommt ihr denn her?«, fragte sie.

»Wir haben Radio gehört.«

»Hätt' ich mir denken können«, erwiderte Hanna.

»Jogona hat ein neues Wort gelernt«, sagte Vivian.

Jogona hörte seinen Namen und bewegte seine Zunge wie ein Chamäleon, das eine Fliege gesehen hat.

»Sag es schon«, gluckste Vivian, »du kannst doch das Wort so gut sagen, Jogona.«

»Polen«, sagte er

»Polen«, johlte Vivian.

Ihr Vater begriff sofort. Es war das Wort, auf das er seit Tagen gewartet hatte, aber als er Hannas Hände im Brotteig sah und die Kinder so friedlich dastanden, wollte er nicht an das Wort glauben. Er sah einen Moment zu den Zebras am Horizont und das Bild war so schön, dass seine Angst zu schwinden begann.

»Vivian«, fragte er, »was haben sie über Polen gesagt?«

»Polen«, kreischte Jogona, erfreut, das schöne neue Wort aus dem Mund des Bwana zu hören.

»Vivian, versuch dich zu erinnern. Sag, was du gehört hast. Du siehst doch, dass es deinem Vater wichtig ist«, sagte Hanna.

Vivian sah sie gekränkt an. »Ich brauch' mich nicht zu erinnern.«

»Du bist alt genug zu behalten, was du gehört hast.«

»Ich hab' es doch behalten«, sagte Vivian ruhig, »ganz genau hab' ich's behalten.«

Wieder einmal stellte sie fest, dass ihr Vater nicht warten gelernt hatte. Sie hätte gern das Gespräch noch ein wenig hinausgezögert, um den schönen Tag noch schöner zu machen, aber der Bwana war weiß im Gesicht. So hatte er ausgesehen, als die Kuh gestorben war. Die Erinnerung daran machte Vivian traurig. Ihr Vater tat ihr Leid. Mitleid war ihr noch ein zu neues Gefühl. Es ließ das Herz wie einen Vogel flattern, der schon in den Krallen der Katze ist.

Vivian war froh, dass sie ihrem Vater die Angst nehmen konnte. »Es ist nicht wie damals bei der Kuh«, sagte sie langsam, »nein, so etwas haben sie nicht im Radio gesagt.«

»Was haben sie dann gesagt?«

»Sie haben gesagt, die deutschen Truppen haben die Grenze nach Polen überschritten«, erinnerte sich Vivian.

»Das ist Krieg«, sagte der Bwana.

»Krieg«, wiederholte Jogona stolz. Er wunderte sich, dass ihm auch dieses zweite fremde Wort so gut gelungen war.

7

Vivian sah, wie ihr Vater an den Knöpfen des Radios
drehte. Er sah stets wie ein Schakal aus, der seit Tagen
nicht gefressen hat, wenn er Nachrichtensendungen suchte. Um ihm eine Freude zu machen, sagte sie: »Ich werde
den Tag nicht vergessen, als der Krieg kam.«

»Das ist richtig. Den Tag werden wir alle nicht so schnell
vergessen.«

Der Rasen vor dem Haus verschwand unter dem Wasser
und sah aus wie ein See. Vivian vergaß, dass sie ihrem
Vater eine Freude machen wollte, und sagte: »Am Tag als
der Krieg kam, kam auch der große Regen.«

Sie war nicht erstaunt, als ihr Vater nur »Ach so« sagte. Er
sah noch immer nicht die Wichtigkeit der Dinge und hielt
den Krieg, den man nicht sehen konnte, für wichtiger als
den großen Regen, der auf der Haut zu spüren war und
die ganze Farm verwandelt hatte. Sie verschluckte einen
Seufzer und ging Jogona suchen.

An den meisten Tagen regnete es bis in die Mittagsstun-
den. Dann erst kam die Sonne und ließ die Erde dampfen.
Sie war wieder rot und fest geworden. Das Wasser war in
den Fluss zurückgekehrt, und die Körper der Menschen
rochen nicht mehr wie faules Fleisch, sondern frisch wie
der Flachs auf den Feldern. Am meisten liebte es Vivian,
am Fell der Hunde zu schnuppern.

»Es gibt nichts Besseres als einen nassen Hund«, erklärte sie. Sie wunderte sich, dass Jogona ihr nicht widersprach, aber als er zu lange schwieg, fuhr sie mit ihren Betrachtungen über den großen Regen fort. »Er singt Lieder«, erklärte sie.

»Er trommelt auf dem Wassertank vor dem Haus«, verbesserte Jogona.

»Ich kann verstehen, was er sagt.«

»Ich auch«, stimmte ihr Jogona zu.

»Die Memsahib mag den großen Regen nicht«, erklärte Vivian. Sie wunderte sich nicht, wieso ihr Hanna einfiel. Immer wenn sie sich gut fühlte und den großen Regen genießen wollte, fiel ihr Hanna ein. Dann stieg ein Zorn in ihr hoch, den sie sich nicht erklären konnte und der ihr in der Kehle brannte, als hätte sie die Pfefferbeeren vom Baum zerbissen.

Es war Zeit, dass Hanna von der Farm ging. Es war nicht so, dass Vivian sie nicht mochte, und sie hatte ihr ja auch Lesen und Schreiben beigebracht. Aber Hanna hatte Vivian auch das Ohr ihres Vaters gestohlen. Das wussten alle auf der Farm.

»Die Memsahib mag den großen Regen nicht«, wiederholte Vivian.

»Sie mag Ol' Joro Orok nicht«, erläuterte Jogona und biss sich auf die Zunge. Nun würde Vivian von dem Tag sprechen wollen, als er nicht gewusst hatte, dass es etwas Größeres als Ol' Joro Orok gab, doch Vivians Gedanken waren zu sehr von Hanna erfüllt, um auf diesen Tag einzugehen.

»Sie hat«, sagte sie, »keine Augen für den Regen.«

»Sie hat nur Augen für deinen Vater.«

»Woher weißt du?« Vivian wühlte mit nackten Füßen im Schlamm.

»Ich weiß es«, erklärte Jogona.

Vivian sah zum Küchengebäude hin. Hanna buk jetzt dort das Brot, und Vivian konnte sich ihr Gesicht genau vorstellen. Es war mürrisch geworden, seitdem Hanna nicht mehr lachte und immer nur von den Menschen sprach, die nichts vom großen Regen wussten.

Von dem Tag an, als der große Regen einsetzte, wurde das Brot nicht mehr gut. Das Holz war zu feucht, um das Feuer im Ofen am Leben zu halten, und der Teig klebte so schwer an Hannas Händen, dass Kamau ihn mit einem Messer abkratzen musste. Es war merkwürdig, dass Hanna sich immer wieder über das Brot ärgerte. Jogona begriff es vor Vivian. Sie ärgerte sich gar nicht über das Brot, sondern über den Regen.

»Eine Frau, die so viel redet, versteht nicht, was Regen ist«, erklärte Jogona.

»Du hast Recht«, bestätigte Vivian. Jogonas Worte gefielen ihr. Es war auch schön, Hanna mit Kamau in der Küche beim Streiten zuzuhören. Sie sprach so laut, dass die Worte bis zum Wassertank rollten.

»Warum hast du kein trockenes Holz gebracht?«, fragte sie gerade.

»Weil der Regen auch in den Wald kommt, Memsahib«, erklärte Kamau, und Vivian wusste, dass er grinste, obgleich sie ihn nicht sehen konnte. »Wusstest du das nicht?«

»Nein, das wusste ich nicht.« Hannas Stimme war scharf wie ein geschliffenes Messer.

»Dann weißt du es jetzt«, erklärte Kamau sanft.

Vivian ließ Jogona allein am Wassertank zurück und ging in die Küche. Sie bohrte einen schmutzigen Finger in den Brotteig und fragte: »Magst du den Regen nicht?«

»Ich kann ihn nicht ausstehen, deinen großen Regen.«

»Warum sprichst du von meinem Regen? Der gehört uns allen.«

»Du hast immer vom großen Regen gequasselt. Als ob er die Herrlichkeit auf Erden wäre.«

»Es ist nicht mein großer Regen«, machte Vivian klar und überlegte, dass sie eigentlich gar nicht böse auf Hanna sein sollte. Hanna war dumm. Wer so über den großen Regen sprach wie Hanna, der merkte vielleicht gar nicht, dass er einem Kind das Ohr seines Vaters gestohlen hatte.

»Den Regen schickt der Gott Mungu«, sagte Vivian.

»Der Teufel schickt ihn«, erwiderte Hanna müde.

Das hätte sie nicht sagen sollen, denn es war eine Sünde, so von Mungu zu sprechen. Wenn Mungu zürnte, dann starben die Ernte, das Vieh und die Menschen. Hanna musste fort, und Vivian wusste, dass ihr Vater das nie verstehen würde. Sie musste ihm helfen, und es war gut, wenn er ihre Hilfe nicht merkte. Sie wollte keinen Dank; sie wollte nur die Farm retten.

Seitdem der große Regen eingesetzt hatte, war Ol' Joro Orok von der Welt abgeschnitten. Die Eisenbahn kam nicht mehr nach Thomson's Falls, weil der Schlamm die Gleise weggeschwemmt hatte. Noch nicht einmal sechzehn Ochsen konnten de Bruins Wagen den Berg zur Farm heraufziehen. Er kam nur noch selten, und wenn, dann saß er auf dem Pferd. Manchmal erzählte das Radio nicht vom Krieg, sondern von Orten, an denen der große Regen noch heftiger war als in Ol' Joro Orok. Vivian war traurig, dass sie mit ihrem Vater so gar nicht darüber sprechen konnte.

»Gehn wir zu den Hütten«, sagte Jogona, der lautlos in die Küche gekommen war und Hanna fixierte.

»Geht nur«, meinte Hanna, »Brot gibt es heute sowieso nicht.«

»Dann essen wir Poscho«, sagte Vivian gut gelaunt.

»Dann essen wir Poscho«, äffte Hanna sie nach, aber sie wiederholte ihre Worte wie eine Weiße. Sie ließ sie nicht mit Genuss auf der Zunge zergehen, sondern salzig und böse klingen.

Vor dem großen Regen war der Pfad zu den Hütten hart und trocken gewesen. Jetzt wirkte er wie ein kleiner Fluss, und die Füße versanken beim Laufen im warmen Wasser. Die Grasdächer der Hütten glänzten. Es war ein guter Tag, der die Erde gesund machte und den Tieren Nahrung brachte.

Niemand arbeitete auf den Feldern. Die blasse Erde musste erst trocknen, ehe sie umgegraben werden konnte, und das würde nicht vor der Mittagsstunde sein. Vivian würde eine der Geschichten erzählen, die in den Büchern standen. Das war der Grund, weshalb Jogona überhaupt zu den Hütten wollte. Alle würden Vivian bewundern, und man würde ihn bewundern, weil er ihr Freund war. Es war gut, dass er ihr die Kunst des Erzählens beigebracht hatte. Von ihm hatte Vivian gelernt, die langen Pausen an die richtigen Stellen zu setzen und mit einem Gesicht zu erzählen, das keine Bewegung verriet.

»Kannst du jetzt alle Bücher immer wieder lesen?«

»Ich kann alle Bücher immer wieder lesen«, bestätigte Vivian.

»Warum hat dein Vater gelacht, als er zu den Hütten kam und hörte, was du uns erzählt hast.«

Vivian seufzte. Manche Dinge konnte sie nicht mit Jogona teilen, und diese Geschichte, die sie ihm gern erzählt hätte, war so eine. Sie pflegte nämlich die Geschichten aus den deutschen Büchern für die Männer von Ol' Joro Orok abzuwandeln. Adam aß nicht den verbotenen Apfel.

In Ol' Joro Orok gab es keine Äpfel, und so biss er in eine Ananas, als er aus dem Paradies gerade zur Zeit des großen Regens vertrieben wurde. In der langen biblischen Dürre, die man in Ol' Joro Orok sehr gut nachempfinden konnte, starben nicht nur Kühe, sondern Zebras, Hyänen und selbst Löwen. Eine Löwin war es auch, die Romulus und Remus nährte. Von einem Wolf wusste niemand in Ol' Joro Orok. Und Hannibal zog nicht mit Elefanten über die Berge, sondern mit Bullen. Jeder in Ol' Joro Orok wusste, dass Elefanten nicht zu einer Arbeit zu bekommen waren.

»Es ist gut«, sagte Vivian und dachte wieder an Hanna, »dass die Memsahib mir das Lesen beigebracht hat.«

»Heute«, erwiderte Jogona, wobei er unbeteiligt zu den Wolken am Himmel sah, »heute wird eine Ziege geschlachtet.«

»Bekomme ich dann ein Stück vom Herzen?«

»Du musst meinen Vater Kimani fragen. Ihm gehört die Ziege.«

»Kimani wird mir ein Stück geben.«

Man legte ein Stück vom Herzen einer frisch geschlachteten Ziege unter eine Frau, die man aus dem Haus treiben wollte.

»Die Memsahib wird bald fort sein«, sagte Jogona.

»Ich weiß nicht, ob ich das Herz heute schon unter sie legen kann«, antwortete Vivian und hätte gern mit Jogona darüber gesprochen, dass es nicht so leicht war, ein blutiges Stück Fleisch unter Hannas Bettlaken zu legen, ohne dass sie es merkte. Jogona aber würde nicht verstehen. Manche Dinge konnte er nicht begreifen.

»Sie schläft mit deinem Vater«, sagte er.

»Was heißt das?

»Das weißt du nicht?«, spottete Jogona.

»Natürlich«, antwortete Vivian verärgert, »wenn sie schläft, dann schläft sie.«

»Wenn sie mit deinem Vater schläft«, fuhr Jogona fort, als hätte er Vivians Antwort überhaupt nicht gehört, »dann wird sie bald ein Kind bekommen. Dann hilft das Herz einer Ziege nicht mehr.«

Vivian fühlte Eifersucht in sich hochsteigen, und ihr wurde übel. Die heiße Welle ihrer Wut machte sie krank. Ihre Haut brannte noch, als sie vor den Hütten am Feuer saß. Das Blut einer geschlachteten Ziege war in die trockene Erde gedrungen. Allmählich gelang es Vivian, den Zorn zu verschlucken, obgleich er wie ein Stein auf ihr Herz drückte.

Den Männern vor den Hütten erzählte Vivian ihre Geschichten so gut wie nie zuvor. Sie wusste, dass sie das Herz der Ziege nur bekommen würde, wenn die Leute zufrieden mit ihren Märchen waren. Sie erzählte von Moses, der den großen Regen aus einem Stein gehauen hatte. Als sie vom Brot berichtete, das vom Himmel gefallen war, hatte die Wut in ihrem Körper schon so weit nachgelassen, dass sie wieder ohne Schmerzen atmen konnte. Als sie vom Land erzählte, in dem Milch aus den Bäumen tropfte und Honig aus der Erde kam, hatte sie Hanna fast vergessen. Aber ein einziger Blick in Jogonas Gesicht brachte die Erinnerung zurück, und sie wusste, dass sie nicht so schnell wieder Gelegenheit haben würde, an das Herz einer Ziege zu kommen.

»Kann ich«, sagte Vivian, und ihr Ton war dabei ohne Erregung, »kann ich ein Stück vom Herz der Ziege haben?«

»Sie weiß, was sie will«, lachte einer der Männer.

»Sie kennt sich aus, obgleich sie nur ein Kind ist«, meinte ein Zweiter.

»Sie ist klug«, hörte Vivian einen Dritten sage, aber sie tat, als hätte sie nichts gehört.

Jogonas Vater Kimani sagte nur: »Es ist gut.« Er nahm das Herz der Ziege in die Hand und schaukelte es mit zärtlichen Bewegungen, schnitt ein Stück ab und gab Vivian das Stück Fleisch. Das Blut war warm in ihrer Hand. Sie dachte daran, dass Kimanis Vater ein Medizinmann war, und schauderte. »Ich danke dir, Kimani«, sagte sie, aber Kimani tat, als wüsste er nicht, wovon sie redete. Vivian fand das richtig.

Sie lief allein den Weg zurück. Einmal stolperte sie über eine Wurzel, und da umklammerten ihre Finger das rohe Fleisch. Es tropfte kein Blut mehr aus der Schnittfläche. Das kleine Stück Herz, das nun wie ein schwarzer Stein aussah, lag kühl in ihrer Hand. Einmal glaubte Vivian, das Herz würde noch klopfen, aber natürlich stimmte das nicht. Es war nur ihr eigenes, das zu stark im Körper schlug und sie ängstigte.

Schon beim Betreten des Hauses und als Vivian ihren Vater und Hanna belauschte, merkte sie, welche Kraft von dem Ziegenherz ausging, das sie in der Hand hielt. Hanna war bereit zum Aufbruch.

»Ich kann nicht mehr«, sagte sie, »das musst du verstehen. Ich habe nie auf einer Farm gelebt.«

»Ich auch nicht«, erklärte Vivians Vater.

»Du musst. Aber ich habe noch Freunde in der Stadt. Da werde ich hingehen.«

»Es hätte schön werden können, Hanna ...«

Der Vater sah so traurig aus, als er diesen Satz sagte, dass Vivian wütend wurde. Hanna hatte ihn krank gemacht. Sie konnte es nicht leiden, wenn er ohne Jacke in die Nacht hinausging, und tat so, als ängstigte sie sich um ihn, aber sie hatte ihn trotzdem krank gemacht. Sie sagte gerade: »Auf die Dauer wäre es ohnehin nicht gut gegangen mit Vivian und mir. Sie mag mich nicht.«

»Sie liebt dich.«

Vivian fragte sich, woher ihr Vater manchmal seine Worte nahm. Sie wuchsen nicht in seinem Kopf. Die kamen direkt aus seinem Mund.

»Wenn du etwas für sie tun willst«, hörte sie Hanna sagen, »dann schick sie in die Schule.«

Dieser eine Satz gab Vivian Gewissheit. Hanna hatte nicht nur das Ohr ihres Vaters gestohlen. Sie wollte auch sein Herz stehlen. Vivian grübelte, ob Hanna böse oder dumm war, aber sie hielt sich nicht sehr lange mit dieser schwierigen Frage auf, die sie später mit Jogona klären wollte, sondern rannte wieder zum Haus hinaus, lief in den Garten und kletterte durch das Schlafzimmerfenster. Sie riss die Bettdecke zurück, starrte wie betäubt auf das weiße Laken und die Matratze und legte das Stück vom Ziegenherz genau unter die Stelle, auf der Hanna schlief. Sorgsam und sehr langsam machte sie dann wieder das Bett und verließ das Schlafzimmer auf demselben Weg, auf dem sie gekommen war.

»Nanu, Vivian, wo kommst du denn her?«, fragte der Vater.

»Von den Hütten«, erklärte Vivian.

»Was hab' ich dir gesagt?«, fragte Hanna, »du darfst sie nicht so viel mit den Schwarzen allein lassen. Sie lernt dort Dinge, die sie in ihrem Alter nicht wissen sollte.«

Vivian begriff, dass Hanna doch nicht ganz so dumm war, wie sie gedacht hatte.

»Vivian, Hanna wird uns verlassen.«

»Ach«, sagte Vivian, »wieso?«. Sie bemühte sich, keine Freude in ihre Augen zu lassen.

»Sie muss fort«, schwindelte der Vater.

Vivian ging an Hanna vorbei, setzte sich auf den Schoß ihres Vaters und streichelte sein Haar. »Dann sind wir ganz allein«, sagte sie. In diesem glücklichen Moment hätte sie gern wie Jogona gegrunzt, wenn er zufrieden war. Doch sie wollte ihrem Vater einen Gefallen tun, so seufzte sie ein klein wenig, ehe sie erzählte: »Kimani hat heute eine Ziege geschlachtet.«

8

Vivian sah Hanna nicht wieder. Sie verdrängte erst ihr Gesicht und dann ihren Namen.

»Die Memsahib ist fort«, sagte Kamau am nächsten Morgen.

»Ich weiß«, erwiderte Vivian. Sie hätte gern gefragt, wie Hanna trotz des Schlamms auf der Straße von der Farm weggekommen war, doch es war besser, Fragen hinunterzuschlucken, wenn man die Dinge vergessen wollte.

»Dein Stück vom Herz«, erklärte Kamau und gab Vivian den kleinen Klumpen Fleisch, den er im Bett gefunden hatte. Seine Augen lachten gerade so viel, dass Vivian zurücklachen konnte, ohne einen Laut von sich zu geben. Sie würde das Herz nicht mehr brauchen. Es hatte eines jener großen Wunder vollbracht, die auf der Farm zu geschehen pflegten.

Es war der Tag, als Jogonas Bruder Manjala starb. Zwölf Jahre alt war Manjala, als dies geschah. Fast schon ein Mann, aber er sollte nie mehr ein Mann werden.

Das Kind war beim Holzfällen von einer brennenden Zeder getroffen worden. Der Baum hatte Manjala den linken Arm vom Körper gefetzt und ihn am Kopf verletzt. Das Unglück war am Nachmittag geschehen, es wurde jedoch Nacht, ehe Kimani, der Vater, vor dem Haus erschien. Schweigend stand er, nur in eine Decke gehüllt, in der Dunkelheit da und ließ den Bwana rufen.

»Manjala will sterben«, sagte er.

»Manjala?«, fragte Vivian zurück. Sie war mit ihrem Vater zu Kimani gekommen. Diesmal war die Wiederholung der Worte nicht Teil eines Spiels, sondern Verwunderung und Schmerz. »Manjala wollte doch gestern noch nicht sterben.«

»Gestern ist er auch nicht von einem brennenden Baum getroffen worden.«

»Ich gehe mit«, sagte Vivian zu ihrem Vater.

»Das ist nichts für dich, wenn ein Kind stirbt.«

»Es ist auch nichts für dich, Papa«, erklärte Vivian und wählte bewusst die Anrede, die ihrem Vater Trost geben sollte.

Manjalas Schreie waren längst verstummt. Er schien noch bei Bewusstsein, aber er konnte nicht mehr sprechen, und nur die Augen lebten noch im Blut verkrusteten Gesicht.

Der Anblick dieser Augen voller Ergebung lähmte den Bwana noch mehr als die Gewissheit, dass Manjala verloren war. Er stand in der Hütte, roch das versengte Fleisch und wusste, dass der Hustensaft, den er da in der Hand hielt, Manjala nicht mehr helfen würde. Hustensaft war ein Allheilmittel auf der Farm. Es half vielen, aber es half nicht mehr, wenn der große Gott Mungu es anders wollte. Vivian sah, dass ihr Vater weinte, und sie hörte ihre eigenen Tränen zischen, wenn sie auf die heiße Petroleumlampe fielen, die die schwarze Hütte in gelbes Licht tauchte. Manjalas Tod war anders als der Tod sonst auf der Farm. Typhus, Malaria und Schlafkrankheit kündigten sich an, Unglücksfälle kamen jedoch mit der Plötzlichkeit von Gewittern. Wie konnte man Manjala helfen, wie ihm mitteilen, dass man bei ihm war?

Hilflos griff Vivians Vater nach Kimanis Hand. Jogona

erschien am Eingang der Hütte, aber Kimani machte mit der anderen Hand eine Bewegung, um ihn fortzujagen, und Jogona ging wortlos in die Nacht zurück.

»Wenn du ihm nicht helfen kannst, Bwana, dann ist es Zeit«, sagte Kimani und löste die Hand des Bwana aus seiner. Er beugte sich über den sterbenden Jungen, trug ihn vor die Hütte zur Akazie mit der breiten Dornenkrone und bettete ihn auf die Erde. Als sich Kimani aufrichtete, verrieten seine Bewegungen eher Bestimmtheit als Trauer.

Vivian sah, dass ihr Vater wie ein junger Baum schwankte, der noch nicht gelernt hat, sich dem Wind zu beugen, und sie nahm ihm die Petroleumlampe aus der Hand. Die Erde war weich unter den Füßen. Kein Laut drang aus den Hütten. Bald würden die Geier im Baum hocken. Die Zedern vom Wald waren schwarz in der Dunkelheit.

»Komm, Bwana, wir müssen gehen.«

»Hier kann nur noch Gott helfen, Kimani.«

»Gott«, antwortete Kimani und staunte, dass der Bwana das nicht wusste, »hilft nicht, wenn einer sterben will.« Seine Stimme war ruhig. Sie klang, als fordere sie einen Mann zur Arbeit auf dem Felde auf.

»Aber dein Sohn ist noch ein Kind«, schluckte der Bwana, »er will nicht sterben. Er will leben. Wie wir alle.« Es stimmte also, was Kimani immer wieder gehört hatte. Der Bwana hatte in dem Land, aus dem er kam, nicht gelernt, sich dem Willen des Gottes Mungu zu fügen. Er wusste nichts von Menschen und nichts von Tieren. Er wollte reden, wenn er zu schweigen hatte, und er hatte nicht gelernt, dass ein Mensch sich nicht zwischen Leben und Tod drängen durfte.

»Man muss gehen, solange der Körper noch warm ist«, drängte Kimani.

»Ja, das muss man«, sagte Vivian und hoffte, dass sich ihr Vater dieses eine Mal helfen lassen würde.

Es gab keinen Tod, wenn die Kranken rechtzeitig vor die Hütte getragen wurden. Sie durften ihren letzten Atemzug nicht in der Hütte der Lebenden tun. Die Hyänen kamen zu den Toten unter den Bäumen, aber sie holten nur den Körper. Der Rest war für Mungu, den großen Gott der mächtigen Entschlüsse.

Kimani fühlte eine bisher noch nie erlebte Fähigkeit, mit den Augen des Bwana zu sehen. Es stimmte nicht, dass die weißen Leute alles wussten. Der Bwana konnte schreiben und lesen, und er hatte viele Bücher in seinem Haus, doch er war nicht klüger als ein Kind, das nachts nach der Sonne und bei Tag nach dem Mond ruft.

»Wir müssen gehen, Bwana«, erinnerte Kimani.

»Nein, wir müssen warten, Kimani.«

»Auf wen, Bwana?«

Keine Bitterkeit lag in Kimanis Frage. In dem Vater, der seinen Sohn verloren hatte, war weder Einsamkeit noch Auflehnung, sondern nur die Bereitschaft, den Willen des Gottes Mungu hinzunehmen.

»Kimani«, rief der Bwana, und er hörte sich schreien. Plötzlich konnte er die würgende Übelkeit nicht mehr zurückhalten. Stöhnend erbrach er sich, ließ sich zu Boden fallen und lag einige Momente erschöpft auf der feuchten Erde. Beschämt merkte er, dass Vivian ihm beim Aufstehen half. Einen Moment lang, als er Kimani ansah, kam er sich vor, als sei er wieder ein Kind und sei aus einem Albtraum erwacht. Er fühlte sich besser, fast geborgen. Langsam stand er auf.

Vivian hielt die Lampe gesenkt, um ihrem Vater den Anblick von Manjalas Körper unter der Dornakazie zu ersparen. Es machte sie traurig, ihren Vater leiden zu sehen, aber sie begriff auch, dass es nie anders werden würde.

»Ich laufe mit dir zum Haus, Bwana«, sagte Kimani, »du kannst nicht allein gehen in der Nacht.«

»Und dein Sohn, Kimani?«

»Er ruft nicht nach mir.«

»Wir dürfen ihn nicht allein lassen«, begehrte der Bwana auf, »er ist ein Kind.«

»Nein«, widersprach Kimani, »wenn man sterben will, ist man kein Kind.«

Er nahm Vivian die Lampe aus der Hand und drehte die Flamme zurück, bis der Docht nur noch schwach glühte. Schweigend liefen Kimani, Vivian und der Bwana in die Nacht hinein. Kimani war der Stärkste, und alle drei wussten es. Der Himmel war voller Sterne, die Luft so frisch wie ein eben aufgekommener Wind, und die mächtigen Bäume sahen im Mondlicht ein ganz klein wenig weiß aus. Dichter Tau lag auf dem hohen Gras. In der Ferne zogen Gazellen, die den Tag erwarteten, zu einem neuen Trinkplatz.

Kimani seufzte, doch nur Vivian und nicht der Bwana verstand, dass es ein Seufzer der Zufriedenheit war. Mungus Wille war geschehen. Es war wieder Zeit für Worte zwischen Männern. Eine solche Nacht mit dem Bwana kam nicht wieder. Kimani machte eine Bewegung zu Vivian, und sie verstand, dass sie zu schweigen hatte, und ein klein wenig beneidete sie Jogona um seinen Vater, der so viel wusste, dass er nie würde weinen müssen.

»Ich hab' gehört, es ist Krieg, Bwana.«

»Ja«, antwortete Vivians Vater verwundert.

Noch nie hatte ein Mann aus Ol' Joro Orok den Krieg erwähnt. Zwar wurden die Menschen auf der Farm auf Befehl der Regierung jeden Dienstag zur Nachrichtensendung in Suaheli zusammengerufen, sie begriffen jedoch nicht, was Krieg war, auch wenn viel davon geredet wurde. Die Farm schlug ihre eigenen Schlachten.

»Der Krieg ist nicht hier, Kimani.«

»Wo ist er, Bwana?«

»Er ist weit weg von uns.«

»Sehr weit weg?«

Kimani schickte seine Stimme zum Berg, und sie kam als Echo zurück. Vom Berg aus zogen die Männer vom Stamm der Nandi in ihre Kriege. Mit gespanntem Bogen und großem Sturm im Herzen.

»Der Krieg ist sehr weit fort, mein Freund. Bei meinem Vater ist Krieg.«

»Dein Vater ist doch kein Nandi, kein schwarzer Nandi.«

»Das weißt du doch, Kimani. Er wird bald sterben.«

»Dein Vater will sterben?«

»Er will nicht, Kimani, er muss.«

Noch immer hatte der Bwana nichts vom Sterben gelernt. Er hatte Manjala gehen sehen und doch nichts begriffen. Kimani schüttelte den Kopf.

»Du bist nicht da, wenn dein Vater stirbt?«, fragte er.

»Nein, er ist allein.«

»Wo?«

»In Deutschland«, sagte der Bwana. Vivian, die hinter ihrem Vater herlief, wie Kimani es gewollt hatte, überlegte, dass dieses Wort ihren Vater immer traurig machte. Deutschland war ein böses Wort. Ein Wort aus Feuer.

»Wer wird deinen Vater vor die Hütte tragen?«

»Keiner, Kimani.«

»Das ist schlimm, Bwana.«

Kimani fiel auf, dass die Stimme des Bwana so leise war wie

die eines Hundes, der nach langer Jagd keine Kraft mehr hat. Er wusste nicht, wo dieses Land war, von dem der Bwana sprach, aber er hatte oft erlebt, dass Männer ohne die Hilfe ihrer Söhne sterben mussten. Es gab nichts Schlimmeres.

»Es ist schlecht, allein zu sterben«, sagte er, und nun war seine Stimme von einer Trauer erfüllt, die ihm nicht beim Tod des Sohnes gekommen war.

»Allein zu sterben«, wiederholte er, »ist schlecht. Wie sollen die Hyänen deinen Vater finden?«

»Die Hyänen werden ihn finden«, antwortete der Bwana, und Vivian wusste, dass er wieder von Deutschland sprach.

Kimani brach das lange Schweigen erst, als sie vor dem Haus standen. Er musste dem Bwana sagen, was er wusste, auch wenn der Bwana es nicht verstehen würde.

»Morenu ist zurück«, sagte er.

»Morenu?«

»Ja«, erklärte Kimani geduldig, »der mit dem Gewehr. Er lief fort, als dein Gewehr fortlief. Weißt du noch?«

»Was hat das alles zu bedeuten?«

»Ich wollte es dir nur sagen, Bwana«, Kimani betonte jedes Wort so sorgsam, als müsse er es erst ganz tief aus seinem Mund holen.

»Du siehst zu wenig«, fügte er noch hinzu. Er hatte dabei die Augen eines Mannes, der zu viel verraten hat. Das hatte er auch gemerkt, denn er machte sich ohne Abschied auf den langen Weg zurück zu seiner Hütte. Es war die Stunde, da die Hyänen zum letzten Heulen der Nacht ansetzten.

9

Der große Regen war so plötzlich verschwunden, wie er gekommen war. Das Holz der Zedern roch noch nach der Nässe, aber die Erde war wieder trocken, und schon begannen sich die Grasspitzen braun zu färben. Für die Männer, die sich Ehefrauen gekauft hatten, wurden neue Hütten gebaut. Es erklangen fröhliche Gesänge, wenn der mit viel Wasser angerührte Lehm und der grün glänzende Kuhmist zwischen die dürren Äste geworfen wurde, um die Rundung der Hütte zu bilden. Nie war die Farm schöner, das Leben lustiger als an den Tagen unmittelbar nach dem großen Regen, nur Vivians Augen waren voller Trauer, und die von Jogona waren fassungslos.

»Was heißt das? Du musst in die Schule?«, fragte er, und er bemühte sich noch nicht einmal, so auszusehen, als sei die Nachricht nicht neu und erregend.

»Alle Kinder müssen.«

»Wer sagt das?«

»Der Bwana«, antwortete Vivian.

Es stimmte. Ihr Vater hatte ihr immer wieder erklärt, dass die Zeit für sie gekommen war, in die Schule nach Nakuru zu gehen. Sie dachte daran, dass Hanna es war, die zuerst von der Schule gesprochen hatte, und dass sie nun von Hanna von der Farm vertrieben wurde. So wie sie einst Hanna vertrieben hatte.

»Sie hat gewonnen«, sagte sie laut.

»Wer?«, fragte Jogona.

»Die Memsahib Tingatinga. Sie konnte die Worte nicht halten, die in ihrem Kopf waren. Weißt du das nicht mehr?«

»Und du wirst fortgehen wie sie?«

»Ich werde wiederkommen.«

»Wer sagt das?«

»Mein Vater.«

»Weiß er das denn?«, zweifelte Jogona.

»Er lügt nicht«, räumte Vivian ein. »Nein, er weiß vieles nicht, aber er lügt nicht. Ich werde wiederkommen, aber es wird lange dauern. Ich werde in der Schule schlafen und essen und eine neue Sprache lernen.«

»Du schläfst und ißt auch in Ol' Joro Orok.«

»Aber ich werde in der Schule lesen.«

»Liest du denn nicht auch hier?«, fragte Jogona, und der alte Glanz kehrte in seine Augen zurück.

Vivian machte eine Bewegung zum Himmel. Ihr war es so undenkbar, die Farm verlassen zu müssen, dass sie nicht einmal mehr weinen konnte. »Tapfer« hatte es ihr Vater genannt, aber er hatte, wie üblich, alles missverstanden. Drei Monate müsste sie in der Schule bleiben, hatte er gesagt. Das waren mehr als neunzig Tage. Wie sollte sie das sich selbst, wie Jogona klarmachen? Er konnte nur bis zwanzig, nicht bis neunzig zählen.

»Wo ist die Schule?«

»In Nakuru«, seufzte Vivian, »morgen kommt der Bwana Mbusi mit seinem Auto und holt mich ab. Seine Kinder müssen auch in die Schule.«

»Müssen alle weißen Kinder in die Schule?«

»Alle«, sagte Vivian, »sie haben ein neues Gesetz gemacht.«

Seit ein paar Wochen gab es in Kenia die allgemeine Schulpflicht für Europäer. Vivians Vater war glücklich, denn für Leute mit wenig Geld wurden die sehr hohen Schulgebühren gesenkt. Luis de Bruin war so wütend wie Vivian. Er wollte seine Kinder zu Hause haben. Sie sollten auf der Farm arbeiten und nicht lesen lernen. »Keiner aus meiner Familie hat je lesen können, und wir sind glücklich geworden«, hatte er am Vortag gesagt, und Vivian fand, dass ihr Vater keinen Grund hatte, darüber zu lachen.

Sie starrte zu den Hütten und wusste, dass es lange dauern würde, ehe sie wieder mit Jogona unter dem Dornenbaum sitzen und hören würde, wie Kimani an den Wassertank schlug.

»Es wird umso schöner werden, wenn du wieder da bist«, hatte der Vater gesagt, sie konnte diesen Satz jedoch nicht für Jogona wiederholen. Jogona verstand nichts von den Dingen, die in der Zukunft lagen.

Laut sagte sie: »Jogona, ich werde dir einen Brief schreiben.«

»Du willst mir einen Brief schreiben?«, fragte Jogona, nahm einen Stein auf und warf ihn weit fort.

»Ja, ich werde ihn in der Schule schreiben. Dann bringt ihn der Zug nach Thomson's Falls, und mein Vater holt ihn dort ab und gibt ihn dir.«

Zum ersten Mal, seitdem Vivian Jogona kannte, sah sie ihn nach Worten suchen. Schwer war sein Atem in ihrem Ohr, als er sagte: »Keiner in Ol' Joro Orok hat je einen Brief bekommen!«

»Aber du wirst einen Brief bekommen.«

Jogona sprang auf und zog Vivian an den Schultern hoch. Sie spürte seine Nägel auf ihrer Haut, doch es tat ihr nicht weh. »Versprich es«, sagte er und bohrte seine Nägel noch fester in ihr Fleisch.

»Ich werde dir einen Brief schreiben.«

»Schluck Erde«, befahl Jogona, und beide dachten an den fernen Tag, als sie Erde geschluckt hatten und Freunde geworden waren.

Ohne ihn anzuschauen, nahm Vivian eine Hand voll roter Erde. Sie schluckte nicht mehr gierig wie damals, sondern kaute langsam. Sie fühlte den Sand zwischen den Zähnen knirschen und spürte trotz der Erregung, die sie befallen hatte, dass sie auf eine Ameise biss. Der säuerliche Geschmack brannte auf der Zunge.

»Du wirst einen Brief bekommen, Jogona.«

»Wann?«

»Wenn ich in der Schule bin.«

»Du sprichst von Tagen, die noch nicht da sind«, antwortete Jogona geringschätzig, und in seinem Blick lag die Verachtung, die sie sonst immer zum Schweigen gebracht hatte.

»Die Tage, die noch nicht da sind, werden kommen«, sagte sie. Plötzlich fühlte sie, wie die Trauer schwand und wie sich ein Lächeln zwischen die Zähne und hinaus auf ihr Gesicht drängen wollte, aber sie gab der Versuchung nicht nach. An diesem letzten Tag auf der Farm war Jogona ihr endlich in die Falle gegangen.

»Was willst du mit einem Brief?«, fragte sie langsam, »du kannst doch gar nicht lesen.«

Jogona war noch immer überwältigt von dem, was Vivian gesagt hatte. »Ich will ihn gar nicht lesen«, sagte er leise, »verstehst du denn das nicht? Ich will ihn nur haben.« Seine Stimme wurde lauter, als Vivian ihm zunickte und er fortfuhr: »Der Brief wird mit dem Zug kommen, und der Bwana wird ihn mir geben. Alle werden es sehen. Zeig mal deinen Brief, Jogona, werden sie sagen.«

Seine Stimme überschlug sich und wurde so hoch, dass sie fast bis zu den Trommeln im Wald vordrang. »Ja, das werden sie sagen«, erklärte er, »und ich werde den Brief aus der Tasche ziehen. Ich werde ein richtiger Bwana sein mit einem Brief in der Tasche.«

»Und wann wirst du wissen, was im Brief steht, kluger Jogona?«

»Wenn du wiederkommst. Dann wirst du ihn mir vorlesen«, lachte Jogona. Weiß leuchteten seine Zähne in der Mittagssonne.

»Du sprichst von Tagen, die noch nicht da sind«, lachte Vivian zurück.

Sie rannte vor Jogona her, ließ sich plötzlich zu Boden fallen und kicherte, als er über ihre Beine stolperte. Einen Moment lang lag sein Körper schwer auf ihrem, aber ihr war ganz leicht zu Mute, denn die Trauer war von ihr abgefallen wie die alte Haut von einer Schlange. Sie wusste nun, dass sie sich auf den Tag zu freuen hatte, an dem sie Jogona ihren Brief vorlesen würde.

10

Die Nakuru School bestand aus vielen niedrigen Bauten mit weiß gekalkten Mauern und Wellblechdächern. Die einzelnen Gebäude, die als Schlafsäle, Unterrichtsräume, Aula, Turnhalle und Bibliothek dienten, waren durch kleine steinige Pfade miteinander verbunden. Streng getrennt waren die Häuser für die Jungen von denen der Mädchen. Nur der Unterricht fand gemeinsam statt.

Die Schule stand auf einem steilen, kahlen Berg und hatte so viele Tennis- und Hockeyplätze, dass jedem Besucher auf den ersten Blick klar wurde, wie viel Bedeutung dem Sport zukam. Erst dann fielen die schönen Pfefferbäume mit ihren herunterhängenden Ästen auf und der silbern schimmernde Nakurusee in der Ferne. An den Ufern lagerten die rosafarbenen Flamingos und blieben ewige Verlockung für die freie, schöne Welt, die die Kinder hinter sich ließen, sobald sie das Schulgelände betraten.

Vivian war nicht unglücklich in der Schule. Die Tage verliefen nach so festgesetztem Rhythmus und genau festgelegten Regeln, dass sie eher erstaunt war als unglücklich. In den Tagesablauf, der sich nur sonntags änderte und dann ebenso geregelt war wie an anderen Tagen, ließ sich das nagende Gefühl von Heimweh leicht mit einbauen.

Die ersten drei Wochen ihrer Schulzeit verbrachte Vivian schweigend. Sie konnte kein Wort Englisch, und niemand konnte mit ihr Deutsch sprechen. Suaheli zu sprechen war verboten, weil dies die Sprache der Schwarzen war. Da die Kinder ihre Betten selbst machten, den Tisch decken und abräumen mussten und die Gartenanlagen zu versorgen hatten, kamen sie nie mit den wenigen Afrikanern in Berührung, die in der Schule arbeiteten. Die Nakuru School war eine ausschließlich weiße Welt. »Ein weißes Gefängnis«, erzählte Vivian später ihrem Vater, der dies ungerechterweise für eine rein sprachliche Übertreibung hielt.

Sobald Vivian so weit war, die Dinge zu begreifen, merkte sie, dass alles verboten war, was sie gern getan hatte. Zwischen der Farm in Ol' Joro Orok und der Schule in Nakuru lagen nicht hundert Meilen, sondern eine ganze Welt. Es war verboten, sich anzuziehen, wie man wollte. Von morgens um sechs bis zum Sport am Nachmittag wurde die Schuluniform getragen: blauer Trägerrock, weiße Bluse, blauweiß gestreifte Krawatte und blauweiß gestreiftes Band am blauen Hut. Die Kleidung für den Sport war exakt vorgeschrieben: weiße Shorts und gelbe Bluse. Zum Abendessen hatten die Kinder in Schlafanzug und Morgenrock zu erscheinen, und selbst die Art, wie der Morgenrock am Haken zu hängen hatte, war genau vorgeschrieben. Es war verboten, sich bei Tage in den Schlafräumen aufzuhalten, und um acht Uhr abends hatte jeder im Bett zu liegen. Fünf Minuten zuvor knieten alle vierundzwanzig Kinder des Schlafraums nieder, um das Vaterunser zu beten, und standen wie eine Balletttruppe gemeinsam auf. Die Kinder wurden morgens um sechs durch eine schrille Glocke geweckt, mussten ein kaltes Bad nehmen, ihre Betten auf eine ganz bestimmte Art machen und sich um sieben Uhr zum Frühsport versammeln. Um acht gab es Frühstück. Danach folgte die Morgenandacht in der Aula.

Um neun Uhr begann der Unterricht und ging bis ein Uhr. Dieser Tagesablauf war für Vivian so fremd, dass sie nicht dazu kam, sich über irgendetwas anderes zu wundern, obgleich es genug Anlass gab. Es dauerte einige Zeit, ehe sie begriff, dass die Kinder beim geringsten Verstoß gegen die Schulregeln mit einem dünnen Stock geprügelt wurden. Noch länger brauchte sie, um zu bemerken, dass die Stockschläge mit gleichmütigem Gesicht hingenommen wurden, als sei nichts geschehen. Vivian war in ihrem Leben noch nie geschlagen worden, und sie hatte auch nie erlebt, dass andere geschlagen wurden, aber sie gewöhnte sich überraschend schnell an die Strafen. Sie empfand jedenfalls das Brennen der Schläge auf der Haut weit weniger unangenehm als die Traurigkeit, die in ihr war, weil sie eine nie zu stillende Sehnsucht nach der Farm hatte.

Als sie genug Englisch gelernt hatte, um mit ihren Mitschülerinnen zu sprechen, merkte sie, dass die Kinder ebenso strenge Regeln im Umgang miteinander wie die Lehrer im Umgang mit den Schülern hatten. Petzen war verpönt, Tränen beim Geprügeltwerden ebenso, und es war selbstverständlich Pflicht, Schläge für Mitschülerinnen einzustecken. »Tapfer sein für andere« hieß das Motto; es dauerte natürlich lange, ehe Vivian die Worte verstand und die von ihr erwartete Heldenrolle übernehmen konnte. Als sie so weit war, tat sie dies mit einer gewissen Verachtung, die sie sich nicht anmerken ließ, und mit der von ihr verlangten Gelassenheit.

Wenn Vivian die Prügel nicht zu schaffen machten, so doch das Essen. Der englische Koch der Schule hatte weniger Ahnung vom Kochen als Kamau auf der Farm, der immerhin erst von ihrem Vater und dann von Hanna angelernt worden war. Fast jeden Tag gab es zum Mittagessen harte, halb rohe Blätter Weißkraut in einer trüben Brühe, Ekel erregende angebrannte Süßkartoffeln und vor Fett triefendes Hammelfleisch, das Übelkeit hervorrief und den Mund taub machte. Abends wurden Salatblätter serviert, die die Kinder ins Salzfass steckten, und dazu eine Scheibe Brot. Die meisten gingen hungrig ins Bett.

Trotzdem beneidete Vivian die Kinder glühend, die während des Mittagessens aus dem Speiseraum geschickt wurden. In den ersten Wochen, als sie noch kein Wort vom Gesagten verstand, fragte sie sich immer wieder, weshalb einige Schülerinnen so bevorzugt wurden. Später begriff sie, dass dies eine Strafe war. Es war Musik in ihren Ohren, als die Aufsicht führende Lehrerin zum ersten Mal sagte: »Vivian verlässt sofort den Tisch und verzichtet eine Woche aufs Mittagessen.« An dem Tag war sie zum ersten Mal zufrieden in der Schule. Nicht nur, weil sie kein Hammelfleisch essen musste, sondern weil eine Mitschülerin ihr die Banane aufgehoben hatte, die es zum Nachtisch gegeben hatte. Kinder, die auf das Mittagessen verzichten mussten, wurden von ihren Kameradinnen versorgt.

Anna de Bruin wurde Vivians Freundin. Auch sie konnte kein Englisch, weil sie ja zu Hause nur Afrikaans gesprochen hatte, und so fanden die beiden Außenseiter schnell zueinander. Die übrigen Kinder von de Bruin waren älter. Vivian sah sie nur bei der Morgenandacht. Dort saßen sie mit rot geweinten, trotzigen Gesichtern. Ihnen fiel es viel schwerer als Vivian, sich in der Schule einzugewöhnen. Sie waren von ihrem Vater erzogen worden, alles Englische zu hassen, und das vergaßen sie nie. In ihrer ganzen Schulzeit lernten sie so wenig Englisch wie möglich.

Anna, von ihren Geschwistern isoliert und von Vivian angespornt, konnte nach sechs Wochen genug Englisch, um sich mit Vivian zu unterhalten. Außerdem brachte sie Vivian Afrikaans bei, das dem Deutschen ähnelte.

»Hier ist es schlecht«, sagte Anna jeden Tag nach dem Mittagessen.

»Du musst trotzdem lernen, Anna«, erklärte ihr Vivian, »dein Vater wird sich freuen.«

»Warum?«

»Du kannst ihm Bücher vorlesen.«

»Wir haben keine Bücher zu Hause«, antwortete Anna trübe und kletterte bedrückt mit Vivian auf einen hohen Pfefferbaum.

Trotz Verbots war die Versuchung groß, auf die Bäume zu klettern. Die Strafe schien nur ein kleines Opfer für die Welt, die man von oben sah. Auf dem schimmernden See lagerten die rosa Flamingos, und manchmal sah man sie scharenweise hochsteigen. Bald konnten Anna und Vivian die Pelikane ausmachen und die großen schwarzen Marabus, die aufrecht zwischen den Flamingos spazierten.

Die winzigen Pfefferbeeren waren von einer süß schmecken-den rosa Haut umgeben. Biss man auf den Kern, kamen einem die Tränen. Vivian und Anna gewöhnten sich das Lutschen von Pfefferbeeren an. Es war besser, mit den Augen als mit dem Herzen zu weinen.

Nachts brannten riesige Buschfeuer auf dem erloschenen Krater Menengai. Sie färbten die Dunkelheit rot und ga-ben immer wieder Anlass, den Ernstfall eines Feuerausbruchs zu proben. Wenn die Schulglocke Alarm schellte, mussten die Kinder aus dem Bett stürzen, Morgenrock und Decke nehmen und sich im Freien zum Appell versammeln. Manchmal standen sie stundenlang in der kühlen Tropennacht herum.

»Warum«, begehrte Vivian einmal auf, »erzählen sie uns

eigentlich immer wieder von den armen Kindern in England, die in die Luftschutzräume müssen und nachts nicht schlafen können?«

Aber Anna sagte nur: »Ich hasse England.«

»Vielleicht brennt die Schule eines Tages doch noch ab«, meinte Vivian.

»Dann bauen die Engländer bestimmt eine neue«, antwortete Anna in seltener Klarsichtigkeit.

Wenn am nächsten Tag zum Unterricht gerufen wurde, vergaß Vivian all das, was sie bedrückte. Der Unterricht machte ihr Spaß, und sie verzieh, wenigstens für einige Stunden, der Schule das harte Training beim Sport, die kalten Bäder am Morgen, die Prügel und die seitenlangen Strafarbeiten, die die karge Freizeit dahinrafften wie ein Buschmesser ein Pflanzengestrüpp, das den Weg versperrte.

Der Klassenlehrer hieß Dixon. Er war in Kenia vom Krieg überrascht worden und sehnte sich so nach England zurück wie Vivian nach Ol' Joro Orok. In seiner Jugend war Dixon Schauspieler gewesen und hatte später als Lehrer nur ältere Schüler unterrichtet. Er war nicht gewillt, nur weil es ihn nach Afrika verschlagen hatte, seinen Unterricht auf jüngere Kinder einzustellen.

Dixon, immer streng und immer fröhlich, las mit den Kindern Bücher, von denen sie kein Wort verstanden, aber sie wagten nicht, bei ihm auch nur aufzumucken. Als Vivian in Dixons Klasse landete, hatte sie zwei Klassen übersprungen und die ein Jahr ältere Anna hinter sich gelassen, die sich noch immer damit abquälte, das Alphabet zu lernen. Dixon tröstete Vivian über die Trennung von Anna, denn sie gehörte bald zu den Besten der Klasse und hatte wohl am meisten Spaß an seinen Stunden.

Dixon war für sein Temperament berüchtigt. Der Rohrstock lag immer auf seinem Pult und wurde oft benutzt. Trotzdem war der Lehrer beliebt, denn er prügelte nie die Kinder, die nicht begriffen hatten, sondern diejenigen, die er für faul hielt. »Dixon ist fair«, hieß es, und das war für einen Lehrer der Nakuru School höchstes Lob.

Aus seiner Zeit als Schauspieler stammte Dixons Liebe zu Shakespeare. Er las mit den neun- und zehnjährigen Kindern »Hamlet« und ging anschließend zum »Sommernachtstraum« über. Eines Tages betrat er die Klasse mit einem doppelten Salto, erklärte, er sei der Puck aus dem »Sommernachtstraum«, und rezitierte die Verse, die er so liebte. Nicht deretwegen, sondern um des Purzelbaums willen war Dixon fortan der Liebling aller, und kein noch so strenges Regiment seinerseits konnte die Zuneigung der Kinder schmälern. Wenn es ihm einfiel, tanzte er auf seinem Pult, verkleidete sich, um eine Rolle zu spielen, trug schlechte Gedichte mit entsprechendem Gesichtsausdruck vor, damit die Kinder die guten erkennen lernten, und ließ sie endlose Verse auswendig lernen. Mit Dixon war zwar nicht zu spaßen, aber der Spaß mit ihm war groß.

Er bemerkte bald Vivians Interesse für seinen Unterricht. Nicht, dass er sie milder behandelt hätte als die Mitschüler, aber er behielt sie oft nach der Stunde im Klassenzimmer, um mit ihr über das Gelesene zu sprechen. Das machte Vivian stolz. Sie fühlte sich aus der Masse der Kinder hervorgehoben und anerkannt.

»Bist du glücklich hier?«, fragte er eines Tages.

»Nein«, erklärte Vivian. Ihr war die Antwort leicht geworden. An dieser Schule mit strengen Prinzipien galt Feigheit, auch Lehrern gegenüber, als schlimmste Untugend.

»Dann geht es dir wie mir. Ich bin auch nicht glücklich hier. Ich möchte zurück nach England.«

»Ich möchte zurück auf die Farm«, sagte Vivian träumerisch. Sie dachte an das Schnattern der Paviane, an die Zebras am Horizont und wie schön es war, mit nackten Füßen die feuchte Erde zu berühren.

»Ich möchte zurück nach England«, erklärte Dixon, und er vergaß Vivian, als er hinzufügte: »Dies ist ein verfluchtes Land.«

Das erinnerte Vivian an zu Hause. Sie lächelte, als sie sagte: »Das sagt mein Vater auch.«

»Wo kommt er denn her?«

»Aus Deutschland.«

»Ich verstehe«, sagte der Lehrer gedankenvoll.

Er verstand wirklich und wurde ein Freund für Vivian, der sie beschützte, förderte und die Dinge lernen ließ, die sie bei keinem anderen Lehrer gelernt hätte. Vivian hatte zunächst nicht bemerkt, dass die Kinder sie »die Deutsche« nannten. Anfangs konnte sie nicht genug Englisch, um überhaupt zu merken, dass sie beschimpft wurde. Als sie dann begriff, schüttelte sie die Bemerkungen von sich wie ein Hund den Regen aus dem Fell. Dixon aber sorgte dafür, dass die Mitschülerinnen Vivian in Frieden ließen, und er lehrte sie sogar, ihr Talent anzuerkennen, indem er an ihre Fairness appellierte.

»Sie hat zwei Sprachen gelernt, und ihr könnt noch nicht einmal eine einzige richtig«, sagte er.

Vivian war damals schon lange genug in der Schule, um zu wissen, dass Bescheidenheit eine Pflicht war. So wies sie Dixon auch nicht darauf hin, dass sie auch Suaheli und Kikuyu konnte, also insgesamt vier Sprachen. Zudem machte Dixon sein Lob sofort wieder zunichte, indem er Vivian beim Basteln eines Kalenders erwischte und ihr einen sechs Seiten langen Aufsatz über Kalender befahl, was sie als ein ausgesprochen vergnügliches Thema betrachtete.

Kalender zu zeichnen war gerade die große Mode in der Schule. Sie wurden bunt ausgemalt, auf Pappe montiert und zu langen Schlangen zusammengesetzt, die aus Kreisen bestanden. Die Kalender wurden, was verboten war, aber trotzdem getan wurde, unter der Matratze versteckt und mehrmals am Tag herausgeholt. Jeder Kreis der Kalenderschlange bedeutete einen Tag. Jeden Abend wurde ein Tag abgetrennt, und die Tage bis zu den Ferien wurden nachgezählt. In der letzten Woche der Schulzeit wurde ein neuer Kalender gebastelt, der die Stunden anzeigte, und am letzten Tag gab es sogar einen, auf dem man die Minuten bis zu den Ferien zählen konnte.

Bis dahin waren es noch genau dreiundzwanzig Tage. Sie waren von einer belebenden Hoffnung erfüllt. Selbst Anna sah fröhlicher aus. Sie konnte zwar noch immer nicht lesen und schreiben, aber zählen konnte sie. Sie hatte sich einen winzigen Kalender gebastelt, den sie in der Tasche ihres Schulrocks versteckte und mit auf den Pfefferbaum nahm. Immer wieder zählten sie und Vivian die Tage.

In diesem letzten Schulmonat schienen die morgendlichen Gebetsstunden viel schneller zu vergehen als am Anfang. Selbst das Knien auf dem harten Boden der Aula war nicht mehr so schlimm wie zu Beginn der Schulzeit. Auch der Kirchgang am Sonntag – vier Kilometer hin und vier zurück bei brütender Hitze auf einer schattenlosen Straße – wurde leichter erträglich.

Vivian kannte nun die Tricks, sich das Leben in der Schule leichter zu machen. Sie fiel der strengen Aufsicht im Schlafsaal nicht mehr unangenehm auf, weil sie ihr Bett falsch gemacht oder den Morgenrock verkehrt weggehängt hatte. Sie hatte gelernt, das fette Hammelfleisch so unzerkaut wie möglich herunterzuschlucken, weil man da den widerlichen Geschmack nicht auf der Zunge spürte. Vor allem war sie nicht mehr »die Neue«. Ihre Schulkrawatte und das Hutband waren ausgebleicht, und das war das Zeichen, dass sie dazugehörte. Abends las Dixon »Oliver Twist« vor, der ja bestraft worden war, weil er eine zweite Portion Essen verlangt hatte. Die Kinder lachten hinter vorgehaltener Hand und taten, als müssten sie husten, weil auch sie hungrig ins Bett geschickt wurden. Es war gut, mit den Mitschülerinnen zu lachen.

In den letzten Wochen vor den Ferien konnte Vivian die Flamingos auf dem See sehen, ohne mit Wehmut an die Zedern und Dornakazien zu Hause zu denken und wie die Webervögel ihre Nester bauten. Erregt merkte Vivian, dass sie von Tag zu Tag glücklicher wurde, je näher die Ferien kamen. Sie sah ihren Vater beim Melken, den Hirten Choroni sich die Nase mit dem Schwanz einer Kuh putzen, und sie rief sich voll Wonne den Tag in die Erinnerung, als der große Zauber Hanna von der Farm getrieben hatte. »Die Tage, die noch nicht hier sind, sind gekommen«, formulierte sie in glücklicher Erwartung. Es war Zeit, den Brief an Jogona zu schreiben.

Samstag war Brieftag. Es war Pflicht, den Eltern einmal die Woche zu schreiben und für jeden weiteren Brief Erlaubnis einzuholen. Dixon las die Briefe, ehe sie abgeschickt wurden. Manchen ließ er dreimal schreiben, wobei er nie am Inhalt, aber oft an der Schrift etwas auszusetzen hatte.

»Wer ist Jogona?«, fragte er, als Vivian um Schreiberlaubnis nachsuchte. Er kaute an dem fremden Namen herum, als hätte er einen Stein verschluckt.

»Mein Freund«, erwiderte Vivian.

»Kann er denn lesen?«

Vivian schwieg. Sie ahnte, dass das Gespräch sich in der Atmosphäre der Schule seltsam ausnehmen würde, und sie war einen Moment lang versucht, ihr Vorhaben aufzugeben. Die Erinnerung an die rote Erde zwischen den Zähnen war jedoch stärker. Sie hatte Jogona bei ihrem Eid den Brief versprochen.

»Nein«, sagte sie, »Jogona kann nicht lesen.«

»Findest du es dann sehr praktisch, ihm zu schreiben?«

Dixon war für seine Ironie berühmt, und er hatte gern, wenn man darauf einging.

»Nicht praktisch«, erwiderte Vivian, »aber ich hab's versprochen.«

»Was will er mit dem Brief?«

»Ihn bei sich tragen.«

»Woher weißt du das alles?«, fragte Dixon. Er war nicht mehr ganz bei der Sache. Alles, was mit Afrika zusammenhing, interessierte ihn nicht.

»Jogona ist mein Freund. Wir haben zusammen Erde geschluckt.«

»Schreib ihm«, sagte Dixon, »aber erzähl's niemand …«

»Das hätte ich sowieso nicht getan. Ich danke Ihnen.«

»Nur dieses eine Mal, verstehst du!«

»Mein Freund braucht nur einen Brief.«

Obwohl Dixon kein Wort von dem verstand, was Vivian geschrieben hatten, lächelte er, als er den Umschlag zuklebte. »O Jogona«, stand da in großen Buchstaben, »ich habe dir gesagt, dass ich dir schreiben werde. Jetzt schreibe ich dir, denn ich habe es gesagt.« Nach diesem Satz hatte Vivian einen größeren Zwischenraum freigelassen, um die Gesprächspause anzudeuten, und war dann fortgefahren: »Die Tage, die noch nicht hier waren, sind gekommen.

Auf dem Brief steht Jogona. Du hast jetzt einen Brief, Bwana.«

Nur die weißhäutigen Farmer wurden Bwana genannt, und es war natürlich ein Scherz, Jogona einen Bwana zu nennen, aber er würde den Witz verstehen. Er würde noch oft darauf zurückkommen. »Weißt du noch, wie du mich Bwana genannt hast?«, würde er sagen.

Vivian lachte glücklich und ging Anna suchen.

11

De Bruins kleiner Lastwagen mit der Tür, die noch immer von innen mit einem Strick zugehalten werden musste, keuchte den steilen Berg zur Schule hoch und ließ eine rote Staubwolke hinter sich, die zum Himmel stieg. Anna und Vivian hatten schon seit Stunden vom Pfefferbaum aus auf diesen Augenblick gewartet und waren stumm vor Seligkeit.

De Bruin war gekommen, um seine fünf Kinder und Vivian nach Hause zu holen. Er umarmte und streichelte die Kinder mit der Miene eines Mannes, der in Lebensgefahr war und nicht mehr geglaubt hat, seine Familie lebend wieder zu sehen. Vivian drückte er so fest an sich, dass sie an ihrem Glück zu ersticken drohte. De Bruin roch nach Kaffee, Tabak, Schweiß und Heimat. In einer einzigen Sekunde verdrängte er den Albtraum Schule, der drei Monate gewährt hatte.

»Los, weg von hier«, sagte der Bure und schaute sich um wie ein Dieb, der fürchtet, nicht mehr rechtzeitig mit seiner Beute fortzukommen. Das kalkweiße Schulgebäude, der Lehrer, bei dem sich die Kinder zu verabschieden hatten, und vor allem der Anblick seiner Söhne und der Mädchen in der Schuluniform ängstigten ihn. »Krawatten«, schnaubte er, und wie auf Befehl rissen die Kinder den lästigsten Teil ihrer Schuluniform vom Hals. Sie atmeten auf, als seien sie im letzten Moment vor der Schlinge des Henkers gerettet worden.

De Bruins großen Söhne waren schon dreizehn und vierzehn Jahre alt, aber sie heulten wie kleine Kinder. Anna war die Jüngste; sie klammerte sich an Vaters Hosenbeine, als müsste sie ihn für immer verlassen, und nicht, als hätten sie ihn gerade wieder gefunden.

Die englischen Kinder aus Vivians Klasse, die die Wiedersehensszene stumm beobachtet hatten, schüttelten den Kopf. Sie wurden von den Eltern und in der Schule dazu erzogen, ihre Gefühle nicht zu zeigen. Voller Verachtung murmelten sie »die Buren«. Vivian war froh, dass de Bruin entweder nichts gehört oder nichts verstanden hatte. Er hatte eine schnelle und kräftige Art, auf Beleidigungen zu reagieren, und es hätte bestimmt Komplikationen gegeben.

»Bist du traurig?«, fragte de Bruin, »dass ich deinen Vater nicht mitbringen konnte? Er wartet zu Hause auf dich. Es war kein Platz mehr im Wagen.«

»Nein, ich bin nicht traurig.« Vivian keuchte, denn de Bruin hatte sie gerade hochgehoben und in die Luft geworfen. Er sah dabei aus wie ein Kind, das sein lange vermisstes Spielzeug endlich wieder gefunden hat.

Für den stets eintretenden Notfall, dass der Wagen streikte, hatte de Bruin seine drei Männer dabei, die dann schieben würden. Sie saßen im offenen Lastwagen und zeigten lachend ihre Zähne. Auch die drei großen Hunde, von denen de Bruin sich nie trennte, waren mitgekommen und stürzten sich auf die Kinder. Hunde und Kinder wälzten sich im Staub, und bei der Abfahrt sah Vivian zum zweiten Mal, wie die englischen Kinder den Kopf schüttelten.

Für Vivians Vater wäre wirklich kein Platz mehr gewesen. Es störte Vivian nicht, dass sie das Wiedersehen mit ihm um einige Stunden verschieben musste. Hatte sie nicht warten gelernt? Erst von Jogona und dann in diesen drei verzweifelten Monaten in der Schule. Sie wollte den Weg zur Farm genießen, wollte sich an den Tag erinnern, als sie zusammengekauert in de Bruins Wagen gehockt und sich vor der Schule gefürchtet hatte. Damals hatte sie lieber verhungern wollen, als von der Farm fortzumüssen. De Bruins Kinder hatten geschluchzt, und er selbst war zornig gewesen und hatte auf die Engländer geschimpft, die unschuldige, hilflose Kinder zur Schule zwangen. Es schien sehr lange her.

Heute sang de Bruin seine schönsten Lieder, bei denen man manchmal lachen und meistens weinen musste. Die Kinder hatten Tränen in den Augen, doch keinen Kummer mehr in der Brust. Der war von ihnen abgefallen, als sie die verhassten Schulröcke und die Schulhemden mit den Krawatten ausgezogen und die Hüte auf die Erde geworfen hatten. Sie saßen nun halb nackt auf dem Boden des kleinen Lastwagens und drückten die Hunde an sich, die nach Jagd und Erde rochen. De Bruin hatte große Stücke Kuchen mitgebracht, das dünne, an der Luft getrocknete Fleisch, das Biltong hieß, und viele Flaschen, die mit kaltem, starkem Kaffee gefüllt waren.

Die Kinder jubelten und fühlten sich zum ersten Mal in drei Monaten satt. Sie gurgelten mit dem Kaffee, der in der Kehle brannte und süß auf der Zunge war. Er machte den Kopf leicht und ließ das Herz schlagen.

»Er schmeckt nach Glück«, sagte Vivian. Ihr wurde bewusst, dass sie zum ersten Mal seit drei Monaten wieder Deutsch sprach. De Bruin verstand sie und sagte: »Du redest so gut wie ein Buch.« Die Bemerkung gefiel ihr. Sie würde die Worte für Jogona wiederholen.

Im offenen Lastwagen roch es nach Hitze, Erde und Benzin. Die Lieder wurden immer trauriger und die Kinder immer fröhlicher. De Bruin lachte, weil Vivian den Text in Afrikaans so gut mitsingen konnte. Anna sah plötzlich viel größer aus als in der Schule, und die Jungen wirkten wieder wie Männer. Sie hatten drei Monate nur Bleistifte und Federhalter in den Händen gehabt, und sie sehnten sich nach dem Pflug. Die dunklen Zedern zogen am Wagen vorbei, der über Steine und Löcher rüttelte.

Immer wieder sah Vivian die Fußsohlen eines Pavians. Einmal musste der Wagen anhalten, weil eine ganze Herde von Affen über die Straße zog. Die Mütter trugen ihre Kleinen auf dem Rücken und unter dem Bauch. Die Pavianmänner gingen gemessenen Schrittes, ohne dass sie auf den Wagen achteten.

»Soll ich erst meine Kinder heimbringen oder dich?«, fragte de Bruin.

»Deine Kinder«, sagte Vivian schnell. Sie hatte de Bruins Kinder wirklich gern, und Anna war ihre Freundin geworden, aber die Stunde der Heimkehr sollte ihr allein gehören. De Bruin verstand.

Als sie mit ihm allein im Wagen saß, fragte er fast ängstlich: »Ist die Schule schlimm?«

»Sehr.«

»Ihr müsst den ganzen Tag lernen?«

»Das ist es nicht«, erwiderte Vivian, »aber man hört nachts keine Trommeln und auch keine Hyänen.«

»Dann ist es wirklich schlimm.«

»So schlimm, dass es wehtut.«

Später sagte de Bruin: »Du liebst Afrika sehr, nicht wahr?«

»Ja«, erklärte Vivian, »aber nur die Farm.«

»Du bist ein Burenkind«, lachte de Bruin.

»Ja«, lachte Vivian zurück. Die Worte machten sie glücklich, und sie überlegte, was ihr Vater wohl dazu sagen würde.

»Du bist auch eine Memsahib kidogo geworden«, erklärte de Bruin.

»Memsahib kidogo« hieß »die kleine Memsahib« und war die Anrede für Mädchen, die keine Kinder mehr waren.

»Memsahib kidogo«, wiederholte Vivian.

Der Wald auf dem Weg zur Farm war dunkel und dicht. Jetzt waren die Stimmen der Affen deutlich zu hören und auch die Freude der Vögel. Der Klang der Trommeln kam immer näher. De Bruin ließ den Wagen auslaufen.

»Die Trommeln melden eine Ankunft«, sagte Vivian.

»Deine«, wusste de Bruin, »komm, wir steigen mal aus.«

Vivian war jetzt ganz ruhig, nachdem die Ungeduld, wieder auf die Farm zu kommen, aus ihrem Körper gewichen war. Eine Schar blauer Glanzstare flog zu einer Pfütze. Vivian hatte vergessen, wie schön sie waren, und sie schluckte, weil sie sich nicht zu sprechen traute. Im Staub der Straße zeichneten sich Spuren ab.

»Eine Hyäne«, erkannte sie.

»Ein Schakal«, verbesserte de Bruin. Er ging auf einen von Pflanzen bewachsenen Baum zu, dessen Stamm zwei Meter Umfang hatte. Eine Schlange hatte sich satt und erschöpft mit geschwollenem Leib um den Stamm gewunden.

»Schön«, sagte Vivian; sie bemühte sich, nicht zu atmen.

Einige Meter von der Schlange entfernt lag der halb gefressene Körper einer jungen Gazelle. Das Tier war höchstens vier Tage alt geworden. Die verkrustete Erde war von seinem Blut schwarz gefärbt.

»Findest du es immer noch schön?«, fragte de Bruin gespannt und zeigte auf die tote Gazelle.

»Ja«, antwortete Vivian. »Die Schlange muss auch leben.«

»Du gehörst hierher, Memsahib kidogo.«

»Ich weiß«, sagte Vivian. Ihre Lungen tranken gierig. Die Luft war frisch und leicht und nicht mehr stickig wie die der Schule. Die Trommeln erzählten noch immer von der Ankunft der kleinen Memsahib.

Als Vivian aus dem Lastwagen kletterte und ihren Vater sah, ging es ihr wie zuvor de Bruins Kindern. Sie weinte, und die Worte, die sie sprechen wollte, steckten zu fest in der Kehle.

Sie sah ihren Vater immer wieder an und begriff, dass es ihm in den vergangenen drei Monaten nicht besser ergangen war als ihr.

»Ich bin zu Hause«, sagte sie, doch ihr Vater konnte nicht antworten.

Er murmelte: »Hier, dein Geschenk«, und aus seinem Hemd kletterte ein kleiner Pavian.

De Bruin hatte das mutterlose Tier auf der Jagd gefunden, es für Vivian eingefangen und auf die Farm gebracht. Es hatte noch keinen Namen und wurde nur »Toto« genannt, was ja Kind hieß. Jetzt, da Vivian kein Toto mehr war, hatte sie selbst ein Toto. Der Pavian saß auf ihren Schultern und zupfte an ihren Haaren. Sie vergrub ihre Nase in seinem Fell und roch seine Haut.

»Schön«, sagte sie zum dritten Mal an diesem Tag.

Vivians Heimkehr hatte sich bereits überall herumgesprochen. Die vertrauten Menschen, nach denen es sie drei Monate verlangte hatte, standen vor dem Haus, die Männer, die Frauen und Kinder. Sie stampften, johlten und klatschten und sangen das Lied vom Schakal, der einen Schuh gefressen hat und weinen muss. Vivian war gerührt. Sie hatte das Lied gern; das hatte man auf der Farm nicht vergessen.

»Jangau na kula wiatu«, sang sie mit. Der kleine Pavian schlug seine zierlichen Pfoten aneinander.

Choroni kam auf sie zu, lächelte mit seinem zahnlosen Mund und sagte: »Jambo, Memsahib kidogo.« Guten Tag, kleine Memsahib. Also wusste auch er, dass sie kein Kind mehr war. »Memsahib kidogo«, sangen die Männer im Chor. Erst da sah Vivian, dass Jogona zwischen ihnen stand.

Sein kahler Schädel glänzte in der Mittagssonne. Er hatte ein Hemd aus zerschlissenem Khaki an und eine alte Hose, auf der ein Stück eines alten Nachthemds von Hanna als Flicken aufgenäht war. Die Zähne in seinem Gesicht leuchteten, obgleich er noch kein Wort gesprochen hatte. Steif, als müsste er jeden seiner Schritte zählen, kam Jogona auf Vivian zu und machte sich mit geschlossenen Augen an der einzigen Tasche zu schaffen, die das Hemd hatte. Langsam holte er einen zerknitterten Umschlag hervor.

»Ich habe einen Brief bekommen«, sagte er, »der Bwana hat ihn mir gegeben.«

»Du hast einen Brief bekommen?«, fragte Vivian.

»Ja.«

»Von wem ist er denn?«

»Lies«, sagte er, »dann wirst du wissen, von wem er ist.« Jogonas Stimme war so laut, dass das Echo vom Berg zurückkehrte.

»Ich kann ihn lesen«, bestätigte Vivian ebenso laut.

»Lies ihn.«

»Heute? Soll ich den Brief heute lesen?«

»Ja«, riefen die Männer an Jogonas statt, »ja, Memsahib kidogo, du sollst den Brief lesen.«

Umständlich faltete Vivian das Papier auseinander. Sehr laut und mit den Pausen, die sie geschrieben hatte, las sie vor: »O Jogona. Ich habe dir gesagt, dass ich schreiben werde. Jetzt schreibe ich dir, denn ich habe es gesagt. Die Tage, die noch nicht hier sind, sind gekommen. Auf dem Brief steht Jogona. Du hast jetzt einen Brief, Bwana.«

Der gespannten Stille folgte lauter Jubel. Alle sahen erwartungsvoll auf Jogona.

»Steht das wirklich in dem Brief?«, fragte er schließlich.

»Ja.«

»Steht auch in dem Brief, dass ich ein Bwana bin?«, fragte er überwältigt.

»Das steht in dem Brief«, versicherte Vivian.

»Morgen liest du mir den Brief wieder vor.«

»Morgen lese ich den Brief wieder vor.«

Morgen würde ein guter Tag werden. Von jetzt an waren alle Tage gut.

12

Noch ehe die Hyänen im Wald verschwanden und der Tau auf dem Gras getrocknet war, kehrte Morenu auf die Farm zurück. Alle wussten es, aber niemand sprach darüber. De Bruin war schon am frühen Morgen auf die Farm gekommen, diesmal nur von seinen drei Hunden begleitet. Die drei Männer, die sonst hinten im Wagen saßen, waren plötzlich verschwunden gewesen, als er hatte abfahren wollen. Nun war es schon fast dunkel, doch de Bruin machte sich nicht zum Aufbruch bereit. Er starrte in das flackernde Kaminfeuer, das ihm keine Wärme brachte. Sein Gesicht war rot und voller Unruhe, und er versuchte das Zittern seiner Hände zu verbergen, indem er den kleinen Affen Toto hinter den Ohren kraulte.

»Eine verdammt üble Schauri«, sagte er.

»Schauri« war das Wort, das für jede Situation passte.
Eine »Schauri« konnte eine Neuigkeit bedeuten, Streit, schlechte Nachrichten oder Abwechslung. Manchmal war »Schauri« ein gutes Wort, das Gelächter auf die Farm brachte, oft aber bedeutete es Bedrohung oder Gefahr. Eine »Schauri« war, während sie sich ereignete, so wenig greifbar wie ein Dieb, der nachts in die Ställe schlich und seinen Körper mit Öl einschmierte, damit er nicht zu fassen war.

»Hör mal, wir müssen ihn finden«, sagte de Bruin.

»Wen?«, fragte Vivians Vater, um Zeit zu gewinnen. Er kam sich wie ein Kind vor, das eine Frage stellt, obwohl jeder die Antwort kennt.

»Morenu«, erklärte Vivian.

»Was weißt du davon?«, fragte de Bruin.

»Er ist doch wieder auf der Farm, Bwana Mbusi.«

»Spricht man darüber?«

»Nein«, erklärte Vivian und dachte daran, dass sich kaum einer der Schambaleute hatte blicken lassen, »aber alle wissen, dass er krank ist.«

»Was soll das heißen?«, fragte ihr Vater beunruhigt.

»Sie sagen, Morenu hat ein Loch im Kopf.«

»Das heißt, er ist verrückt.« De Bruins Stimme war heiser. Ein verrückter Mann auf der Farm kannte nur noch Blut und Tod. Er hatte das schon mehr als einmal erlebt.

Vivian grübelte, weshalb sich Jogona den ganzen Tag kaum hatte sehen lassen. Er hatte nur gesagt: »Morgen haben wir viel zu reden«, und war verschwunden. Er hatte wie ein Schatten gewirkt, war jedoch nicht zu bewegen gewesen, mehr als diesen einen Satz zu sagen.

»Morgen haben wir viel zu reden.« Vivian wiederholte seine Worte, doch ohne Genuss.

»Hör mal, bist du die Sphinx!«, fragte ihr Vater und bemühte sich, heiter zu klingen.

De Bruin spuckte ins Feuer. »Du musst begreifen«, sagte er, und es war ihm anzumerken, dass er Angst hatte, »dies hier ist eine gefährliche Sache. Ein Mann, der lange fort war und dann plötzlich ohne Erklärung wieder auftaucht, bedeutet Gefahr. Eine ganz große Gefahr.«

»De Bruin, du hast mir gerade noch gefehlt. Ich kenne dich nicht mit Angst ...«

Der Bure kam nicht mehr zu einer Antwort. Morenu stand

bereits im Zimmer. Er hatte nicht angeklopft, und niemand hatte gemerkt, wie er die Tür öffnete. Er lehnte am Türrahmen und bewegte ganz leicht den Oberkörper, als wolle er schaukeln.

Erst da wurde Vivians Vater bewusst, wie Morenu überhaupt aussah. Er hatte ihn vor dessen Verschwinden nie richtig wahrgenommen. Jetzt musste er lächeln. Morenu wirkte noch wie ein Kind. Er hatte sehr lange Arme, die er linkisch bewegte, dürre Beine und eine auffallend helle Haut. Nichts an diesem Mann schien gefährlich.

Vivians Vater seufzte. Die Gerüchte, die auf der Farm täglich neue Nahrung fanden, waren es, die das Leben gefährlich machten. Niemand blieb von ihnen verschont.

»Jambo, Morenu«, sagte der Bwana gut gelaunt und so herzlich, als begrüßte er einen alten Bekannten. »Wir haben gerade von dir gesprochen.«

»Ich bin gekommen, um mein Geld zu holen«, sagte Morenu, ohne auf den Gruß zu antworten.

Er sprach undeutlich, wie es die Art vieler Leute aus dem Stamm der Kisi war. Es hieß immer, die Kisi hätten ein Messer zwischen den Zähnen und könnten deshalb den Mund nicht richtig aufmachen.

»Verschwinde«, rief de Bruin aufgebracht, »sonst tret' ich dir in den Hintern.«

»De Bruin«, mahnte Vivians Vater, »du musst einen Menschen ausreden lassen. Das ganze Übel dieser Welt rührt daher, dass kein Mensch dem anderen zuhört. Jeder belauscht nur die eigene Stimme. Was für Geld willst du denn holen, Morenu?«, fragte er höflich.

»Ich bekomme Geld von dir.«

Vivian fiel auf, dass Morenu auch beim zweiten Satz, den er gesprochen hatte, nicht die Anrede »Bwana« gebrauchte. Morenu stand jetzt nicht mehr an der Tür, sondern zwischen de Bruin und ihrem Vater. Er hielt die Hände hinter seinem Rücken verborgen. Das machte seinen Oberkörper groß. Und stark. Zu stark.

»Was für Geld?«

»Ich habe gearbeitet und kein Geld bekommen.«

»Stimmt«, erklärte Vivians Vater, »du bist auch von der Farm fortgelaufen.« Es tat ihm gut, die Dinge so darzulegen, wie sie waren. Das erinnerte ihn an seine Zeit als Rechtsanwalt in Deutschland. Plötzlich fiel ihm jedoch die Nacht von Manjalas Tod ein und dass Kimani ihm damals zugeflüstert hatte: »Du siehst zu wenig.«

»Du bist verschwunden«, begann er noch einmal, »und da gibt es kein Geld. Das weiß doch jeder.«

Vivian hörte nicht mehr, was die Männer sprachen. Sie konnte ihren Blick von Morenus Füßen nicht abwenden. Er trug Schuhe aus hellem Leder mit dicken Sohlen. An einem Schnürsenkel baumelte ein Zahn. Ob ihr Vater wusste, was es bedeutete, das Haus eines Bwana mit Schuhen zu betreten? Es war die Kampfansage. Da gab es keinen Weg zurück. Auch de Bruin hatte begriffen. Sein Gesicht schien unendlich klein und war voller Angst. Dieser Anblick schmerzte Vivians Vater mehr als die Drohung, die von Morenu ausging. Er hatte den Buren immer nur heiter und selbstbewusst gesehen, und nun machte es ihn wütend, dass Morenu seinen Freund so bloßstellte.

Morenu wippte mit dem rechten Bein. Der Zahn baumelte drohend am Schuh. »Ich will«, forderte er, und seine Stimme überschlug sich, »ich will mein Geld.«

»Mach, dass du rauskommst, du Schensi«, brüllte Vivians Vater.

»Schensi« war ein böses, ein beleidigendes Schimpfwort.

Jetzt war es die Antwort auf Morenus Herausforderung. Es war mehr als nur eine leichte Kränkung, die ein Mann vergessen konnte. Das Wort bedeutete Krieg.

Morenus Bewegungen verloren ihre Geschmeidigkeit. »Geld!«, keuchte er. Sein Atem kam in dünnen, pfeifenden Stößen. Er trat einen schwerfälligen Schritt zurück. Krachend fiel das brennende Holzscheit in sich zusammen. Vivian wich zur Tür. Sie hatte wie ein Hund, der Prügel fürchtet, aus dem Zimmer rennen wollen, doch was sie sah, ließ sie regungslos stehen bleiben. Ihre Augen weiteten sich schmerzhaft. Morenu hielt eine Keule hinter seinem Rücken. Vivian fühlte, wie ihr Arme und Beine schwer wurden. Es stimmte also, was alle über Morenu sagten. Er war verrückt. Alle wussten es, nur ihr Vater nicht. Er wusste nie etwas von den Dingen, die um ihn geschahen. Er sprach nur von Dingen, die kein anderer verstand. Auch was jetzt mit Morenu geschah, würde er nicht begreifen, bis es zu spät war.

Vivian wollte schreien, aber ihre Kehle war so trocken wie das Flussbett, wenn der große Regen zu spät einsetzte. Sie konnte weder ihre Zunge finden noch die Augen von Morenus Händen abwenden. Er hielt die Keule noch immer hinter dem Rücken. Der Griff war schlank und lang, der Kopf der Keule rund und fest und mit langen Zacken bestückt. Die Zacken verhießen Mord und Tod. Im fahlen Licht der Petroleumlampe glänzte das frische Holz. Die Keule war wahrscheinlich erst am Vortag geschnitzt worden.

Morenu schien immer größer zu werden. Vivians Vater sah klein und verloren aus. Vivian wurde klar, dass ihr Vater stets nach den falschen Zaubersprüchen suchte. Er war wie der Baum, von dem man sich in den Hütten erzählte. Der war in einer einzigen Nacht gewachsen, war groß und schön geworden, aber er hatte nicht gelernt, sich vor der Gefahr zu ducken. Da hatte ihn der Wind am Morgen gefällt.

Morenu hielt die Keule so fest in der Hand, dass seine Knöchel grau schimmerten. Die Farbe seiner Finger gab Vivian die Gewissheit, dass er zuschlagen würde. Er hatte schon die Keule zum Schwung erhoben.

»Papa, er hat eine Rungu.« Noch nie war so viel Lärm in einem einzigen Schrei gewesen. So viel Angst, so viel Not.

»Ich weiß«, sagte der Vater, »aber er wird nur einmal zuschlagen. Los, Morenu, schlag zu!«

Morenu wurde unsicher. Er stolperte ein wenig, fing sich sofort wieder und hielt die Keule hoch über dem Kopf.

»Gib ihm das Geld, willst du uns alle umbringen lassen?« De Bruin hatte gesprochen. Seine Stimme war wie der Schrei eines Tieres, das keinen Fluchtweg findet.

»Schlag zu«, hörte Vivian ihren Vater sagen. Sein Gesicht war weiß, aber er schwankte nicht. Wie der Baum, der nicht hatte begreifen können, was Sturm bedeutet.

Mit einem Mal wurde es Vivian bewusst, dass sie aus dem Zimmer gelaufen war und am Bett ihres Vaters stand. Hastig suchte sie den Lederbeutel, der immer unter seinem Kopfkissen lag, fand ihn, entnahm ihm einen Schein und stürzte zu den anderen zurück. Sie warf den Geldschein vor Morenus Schuhe.

»Hier«, sagte sie und wandte ihr Gesicht ab. Ihr Weinen war nur noch ein trockenes Schluchzen, das nicht mehr in den Augen, nur noch in der Brust wehtat.

Morenu stand bewegungslos da, hielt noch immer die Keule über dem Kopf, aber als er das Geld auf der Erde liegen sah, ließ er die Arme sinken. Mit einer behutsamen Geste, als wolle er einem kranken Kalb ein Lager bereiten, stellte er die Keule auf den Boden.

»Gut«, sagte er mit viel Triumph in der Stimme, »es ist gut.« Er ergriff die Keule und ging, ohne sich umzusehen, hinaus. Seine Schuhe knirschten auf dem steinigen Pfad vor dem Haus.

Ein Hund heulte. Es war ein lang gezogener Schrei voller Angst, der sofort in ein kurzes Wimmern überging und plötzlich verstummte. Der Affe Toto, der sich auf das Fensterbrett verkrochen hatte, hielt seine Hände vors Gesicht. Sein Fell sträubte sich und war feucht. Vivian holte das Tier, setzte sich vor das Feuer und fühlte sein Herz schlagen. Nur die Trommeln unterbrachen die nächtliche Stille. Bald würden sie von der »Schauri« mit Morenu erzählen. Als Vivian aufstand und mit Toto zum Fenster ging, sah sie, dass vor den Hütten wieder Feuer brannten. Fetzen vom Gesang der Männer wehten herüber zum Haus. Kamau war wiedergekommen.

Er stand an der Tür mit ruhigem Gesicht und fragte: »Soll ich Kaffee bringen?« Als niemand antwortete, setzte er sich gekränkt auf den Boden, genau an die Stelle, an der zuvor Morenu gestanden hatte.

»Danke, Vivian«, sagte der Vater, »das war mutig von dir.«

»Ich hatte Angst.«

»Angst ist oft die beste Form des Muts«, sagte der Vater. Er hatte schon wieder die Kraft in Rätseln zu sprechen. »Ich bin froh, dass du hier warst, de Bruin.«

»Ich habe versagt«, murmelte der Bure und schloss die Augen.

»Wir versagen alle, mein Freund, irgendwann versagt jeder.«

»Es hätte nicht zu sein brauchen«, unterbrach ihn de Bruin verärgert, »ich hab' dir damals gleich gesagt, du hättest Morenu suchen lassen und ihn erschießen sollen.«

»Eines Tages wird es immer mehr Leute wie Morenu geben, de Bruin. Das war nur der Anfang.«

»Nein«, begehrte de Bruin auf und sah aus wie ein Kind. Vivian hatte ihn noch nie so gesehen. Der Anblick ängstigte sie ebenso wie der Gedanke an Morenus Keule.

»Eines Tages werden die Schwarzen ihr Land für sich haben wollen. Es ist ihr Land.«

»Was wirst du dann machen?«, wollte de Bruin wissen.

»Dann bin ich schon lange zurück in Deutschland. Dann ist der Krieg dort aus.«

Vivian hielt sich die Ohren zu. Immer sprach ihr Vater von Deutschland und vom Krieg. Wusste er denn nicht, dass Deutschland ein Wort war, das auf ihrer Brust wie ein Stein lag? Wusste er immer noch nicht, dass die Farm in Ol' Joro Orok ein Paradies war und es nichts Schöneres gab als die Farm?

»Es gibt nichts Schöneres als Ol' Joro Orok«, sagte sie, ging zu ihrem Vater und streichelte ihn wie eine Frau, die einen Mann verzaubern will.

Vivian kannte viele Zaubersprüche für Männer, die nicht mehr in ihrer eigenen Hütte leben wollten. Sie sprach den Zauber leise. Ihr Vater dachte, sie ängstige sich noch immer, und das sagte er auch. Vivian verschluckte ihr Lächeln. Es war gut, wenn ein Mann nicht merkte, dass eine Frau die richtigen Zaubersprüche kannte.

»Es war nur ein böser Traum«, sagte de Bruin.

»Armer Freund«, erwiderte Vivians Vater, und dann fragte er im Ton der Kikuyu, die gemerkt haben, dass einer hinters Licht geführt worden ist, »schläfst du auf den Augen?«

Erst bei Tagesanbruch entdeckten sie den schwarzen Hund. Er lag tot im taufeuchten Gras. Der Schädel war eingeschlagen, die Ohren waren abgeschnitten und die hervorgequollenen Augen grau. Schweigend standen Vivian und ihr Vater vor dem toten Tier. Daneben lag Morenus blutgetränkte Keule mit den Zacken. Er hatte sein Messer bis zum Schaft in die Erde gebohrt. Gierig fraßen sich die Ameisen ins faulende Fleisch.

»Askari ja ossjeku«, flüsterte Vivian.

Es war der Name des kleinen Hundes, bedeutete wörtlich »Soldat des Abends« und im übertragenen Sinn Nachtwächter. Der Hund hatte den Namen bekommen, weil er tagsüber schlief und nachts den Mond und die Sterne anbellte. Nun würde der kleine Nachtwächter auch in der Nacht schweigen.

Vivian konnte nicht weinen, wie sie da neben dem toten Hund kauerte. Sie grub ihre Finger in ein Stück Fell, das unversehrt geblieben war, als wolle sie die Wärme und Sanftheit zurückholen, aber sie wusste, dass sie nichts von dem wieder finden würde, das sie einst so geliebt hatte.

»Er hat in der Nacht nach uns gerufen«, sagte sie und stand mühsam auf, »doch wir haben ihn nicht verstanden. Wir haben einen Schrei gehört, aber wir haben unsere Ohren zugemacht. Er wollte noch nicht sterben.«

Es war das erste Mal, dass sich Vivian gegen den Tod auflehnte. Sie merkte es und schüttelte verwundert den Kopf. War sie doch so wie ihr Vater und nicht wie die klugen Menschen Afrikas? Glaubte sie nicht mehr an den schwarzen Gott Mungu?

»Nein«, tröstete der Vater, »er wollte noch nicht sterben, der kleine Askari.« Er hielt Vivian fest, und sie merkte, wie das Zittern in ihrem Körper nachließ.

Der Vater trug das, was vom fröhlichen Askari übrig geblieben war, in den Wald. Er legte den Hund zwischen die Bäume und bedeckte ihn mit dünnen Zweigen und Schlingpflanzen. Die Geier kreisten schon am Himmel.

Vivian stand mit Jogona an der Stelle, an der Askari erschlagen worden war. Die beiden Kinder ähnelten einander. Wären sie von einer einzigen Hautfarbe gewesen, hätte man sie von der Ferne aus kaum unterscheiden können. Sie hatten die gleiche Art, auf einem Bein zu stehen und die Arme in die Luft zu werfen. Als der Vater näher kam, entdeckte er auch den gleichen Zug auf ihren Gesichtern. In ihren Augen lag Wissen, nicht Trauer.

»Vivian«, rief der Bwana.

Vivian kam, als hätte sie auf den Ruf gewartet. Sie sprang, Jogona hinter ihr her, durch das hohe Gras. An ihrem Ohr leuchtete eine rote Hibiskusblume.

»Jogona«, keuchte sie und schob den Jungen vor sich her, »hat das Gras umgegraben. Man sieht nicht mehr, wo Askari gestorben ist. Man riecht nichts mehr von Morenu.«

»Du hast gegraben, Jogona?«

»Ja, Bwana.«

»Und du hattest keine Angst?«

»Nein«, sagte Vivian, »er hatte keine Angst.« Sie klatschte dicht vor Jogonas Gesicht in die Hände.

»Ihr habt doch alle Angst, wenn ein Tier gestorben ist.«

»Ich bin nicht wie die anderen, Bwana«, erwiderte Jogona. Er nahm eine Eidechse vom Baum, ließ sie den Arm hinaufklettern und reichte sie Vivian. »Nimm, sie frisst das Salz in den Augen«, sagte er.

»Ich hab' kein Salz in den Augen«, widersprach Vivian und fragte sich, wie Jogona darauf gekommen war, dass sie geweint hatte.

»Wer eine Eidechse hält, darf nicht lügen«, sagte er.

»Jogona«, lachte Vivian und sah dabei ihren Vater an, »du bist klug.«

»Kommt«, schlug der Bwana vor, »gehen wir alle drei zur Flachsfabrik.«

Es war ein sanfter, ein freundlicher Tag. Die Erde leuchtete rot, der Wind bewegte die Felder und machte aus ihnen eine Welle aus blauen Blüten. Im Wald schnatterten die Affen. Der kleine Pavian Toto saß auf Vivians Schulter und zupfte an ihren Haaren.

»Hörst du deine Brüder, Toto?«

»Er kennt seine Brüder nicht mehr«, erklärte Jogona. »Er ist ein Mensch geworden.«

»Jogona, du bist klug«, lobte der Bwana.

Jogonas Augen wurden groß. So etwas hatte der Bwana noch nie zu ihm gesagt. Er nestelte an seiner Brust herum und holte den Brief aus der Tasche, den Vivian ihm von der Schule aus geschrieben hatte. Das Papier wurde bereits gelb.

»Liest du mir meinen Brief vor, Bwana?«, bat er.

13

Auf der Farm veränderten sich die Dinge immer sehr langsam, aber die Zeit verging trotzdem. Der Affe Toto hatte bereits drei Regenzeiten erlebt, Jogona war so groß geworden, dass er die zehnte Rille des Wassertanks erreichte, und hatte eine Vorliebe für Shakespeare. Vivian war so oft von de Bruin zur Schule gebracht und von dort abgeholt worden, dass sie mit dem Zählen nicht mehr nachkam, und ihr Vater lachte zuweilen, wenn er die Radionachrichten hörte. Dann meinte er, der Krieg würde nicht ewig dauern. Damals kam der weiße Mann zur Farm geritten, von dem die Trommeln so viel erzählten, den jedoch kaum ein Mensch je gesehen hatte.

»Er lebt ganz allein in seiner Hütte«, hatte Jogona einmal gesagt.

»Wie heißt er denn?«

»Bwana Simba. Er ist mal von einem Löwen gebissen worden.«

»Warum kommt er nie aus seiner Hütte?«

»Er lebt so allein wie ein Muchau. Wie ein weißer Medizinmann«, fügte Jogona hinzu.

Das Gespräch war schon lange her. Bwana Simba hieß eigentlich Kinghorn, doch das wusste er kaum selbst noch. Er hatte immer vorgehabt, den weißen Mann mit dem

Kind zu besuchen. Er wusste, dass die Leute auf der Farm ihm den Namen Bwana Warutta gegeben hatten. Es interessierte ihn, einen Mann kennen zu lernen, der ein Temperament hatte, das dem Schießpulver vergleichbar war.

Bwana Simba war aber kein Mann der schnellen Entschlüsse. Eines Tages fand er im Tal des Nandistammes einen Fetzen Papier, der sich als Teil einer Zeitung entpuppte. Bwana Simba war nicht neugierig, aber ganz gegen seine Art stieg er ab von seinem Pferd. Die Schrift war vergilbt, die Sätze waren ihm kaum verständlich, doch es war von einer Schlacht bei El Alamein die Rede. Der Bwana Simba fragte sich sofort, ob wohl irgendwo auf der Welt vielleicht ein Krieg ausgebrochen war und weshalb. Das war im Jahr 1942.

Er hatte vorgehabt, zum Mann mit dem Kind zu reiten und sich nach der Welt im Allgemeinen und Kriegen im Besonderen zu erkundigen, die Regenzeit war jedoch dazwischengekommen und der Fluss unpassierbar geworden. Bwana Simba fand, dass ein Krieg kein ausreichender Grund war, eine Brücke zu bauen. Es war viel Mühe, eine Brücke zu bauen, und schließlich wusste man nicht, wie lange so ein Krieg dauerte.

Erst als die Trockenzeit einsetzte und das Flussbett wieder so hart geworden war, dass man mit dem Pferd durchreiten konnte, machte sich Bwana Simba auf den Weg. Es war nicht nur des Krieges wegen. Er brauchte eine Auskunft, denn es war seine Gewohnheit, den Tag feierlich zu begehen, an dem er einst vor fünfzig Jahren afrikanischen Boden betreten hatte. Bwana Simba war allerdings einige Tage oder einige Wochen sehr krank gewesen, und danach wusste er nicht mehr genau, welcher Tag es eigentlich war. Der fremde Bwana mit dem Kind würde gewiss einen

Kalender haben. Leute, die noch nicht lange in Afrika lebten, hatten so etwas.

Bwana Simba war einst als Jäger nach Kenia gekommen und mit drei Afrikanern durch den Busch gezogen. Damals war die Sache mit dem Löwen passiert, einem alten kranken Tier. Es hatte ihn angefallen und ihm das linke Bein zerfetzt. Seitdem hieß Kinghorn Bwana Simba – Simba war das Wort für Löwe.

Seine Begleiter hatten Bwana Simba drei Wochen lang auf einer Trage durch den Busch geschleppt und schließlich zum Arzt nach Nairobi gebracht, doch das Bein war nicht mehr zu retten gewesen. Der Bwana Simba schrieb seinem Vater, was geschehen war. Der schickte Geld aus England, aber statt sich eine Fahrkarte nach Hause zu kaufen, wie sein Vater es wollte, kaufte sich der Bwana Simba ein Stück Land und ein Pferd. Er konnte sich ja nur noch zu Pferd bewegen.

»Er hatte einmal eine Frau«, erzählte Jogona, »aber sie ist ihm fortgelaufen.«

»Wann?«, hatte Vivian gefragt.

»Vor vielen Regenzeiten.«

Bwana Simba lebte allein mit seinem Angestellten Chai. Er hatte mehr Pferde, als die Trommeln zählen konnten. Als junger Mann hatte er sie gezüchtet. Jetzt waren sie einfach da. Ab und zu schickte er Chai auf den Markt nach Nakuru oder zu einer benachbarten Farm, um ein Pferd zu verkaufen. Vom Erlös konnten Bwana Simba und Chai lange leben. Sie waren nicht anspruchsvoll. Das Land, das ihm gehörte, bebaute der Bwana Simba schon längst nicht mehr. Er war wie die Männer aus dem Stamm der Nandi. Er liebte das Land, doch er bepflanzte es nicht.

Bwana Simba kannte die Farm, auf der der Mann mit seiner Tochter lebte, aus der Zeit, als das Land noch Steppe war. Auf dem Weg zur Farm ertappte er sich beim Gedanken, ob der Mann, den er nach dem Krieg fragen wollte, wohl lesen konnte. Bwana Simba hatte in seinem Leben viel gelesen. Er schwärmte für die Schriftsteller der Antike und hatte sich, als er noch jung war, Bücher aus England schicken lassen. Damals war auch irgendein Krieg dazwischengekommen, und er hatte die Gewohnheit aufgegeben. Außerdem hatte er da bereits genug Bücher.

Wie er so der Farm entgegenritt, empfand der Bwana Simba Vorfreude. Er erinnerte sich an das, was die Trommeln erzählten. Sie berichteten oft vom Kind des Bwana mit dem Temperament wie Schießpulver. Es hieß, das Mädchen sei biegsam wie eine Zeder und hätte Augen, die hinter die Worte sehen konnten. Bwana Simba wusste genau, was das bedeutete.

Noch nicht einmal Kamau, der die besten Ohren auf der Farm hatte, fand Zeit, den Bwana Simba anzukündigen. Er war einfach da, war unbemerkt wie ein Heuschreckenschwarm bei Nacht gekommen. Aufrecht saß der Bwana Simba auf dem Pferd, während die Hunde bellten und die Feldarbeiter ihre Arme in die Luft warfen. Vivian und ihr Vater stürzten aus dem Haus.

»Jambo«, sagte Bwana Simba und fasste sich an den breitkrempigen Hut.

»Jambo«, sagte der Vater, »wollen Sie nicht absteigen?«

Bwana Simba verstand kein Deutsch, aber er begriff trotzdem. »Ich will den Tag nicht stören«, sagte er auf Suaheli. Er machte eine vage Bewegung zur Sonne.

»Das tust du nicht«, rief Vivians Vater ziemlich laut, weil der Gast ja noch immer auf dem Pferd saß. Auch er sprach Suaheli.

»Es ist ein guter Tag«, sagte Bwana Simba und ließ sich zur Erde gleiten. Er hinkte schwerfällig auf Vivian und ihren Vater zu. »Ich heiße Kinghorn«, sagte er, »aber alle nennen mich Bwana Simba.«

»Ich freue mich, Bwana Simba. Wie wär's mit einer Tasse Tee?«

»Gefährlich, sehr gefährlich.«

»Warum?«

»Ich habe einmal eine Frau auf meiner Farm zu einer Tasse Tee eingeladen, und sie ist gleich dageblieben.«

»Lange?«

»Ich glaube zehn Jahre«, erinnerte sich Bwana Simba.

»Ich will's trotzdem versuchen«, lächelte Vivians Vater. »Vielleicht bleib' ich auch.«

»Hoffentlich, Bwana Simba«, sagte Vivian.

»Ich hab' schon viel von dir gehört, kleine Memsahib.«

Die Trommeln hatten richtig berichtet. Dies war eine gute Farm. Bwana Simba seufzte ein klein wenig, ohne zu wissen, warum. Es war wirklich Zeit, dass er wieder mit jemandem sprach. Mit Chai konnte er über gewisse Dinge nicht sprechen.

»Odysseus«, sagte er zum Pferd, obgleich es nicht so hieß.

»Penclope«, antwortete Vivians Vater belustigt.

»Helena«, forderte ihn sein Gast heraus und merkte, dass sich seine Muskeln wie ein schussbereiter Bogen spannten.

»Paris«, überlegte der fremde Mann mit der hellen Haut.

»Du kannst lesen, Bwana Warutta?«

»Ein wenig.«

»Arma virumque cano«, rezitierte Bwana Simba.

Vivians Vater fiel ihm ins Wort und holte Vergils totgeglaubte Verse aus der Versenkung. »Troiae qui primus ab orbis«, sagte er.

Fassungslos sah Vivian ihren Vater an. In diesem Augenblick liebte sie ihn wie nie zuvor. Es stimmte nicht, was sie immer gedacht hatte. Er war nicht wie ein Kind, das von nichts wusste. Er hatte einen eigenen Zauber, und er hatte sehr lange gewartet, ehe er ihn verriet.

»Du bist klug, Bwana«, stieß sie hervor, »klüger als Jogona.«

»Nur manchmal.«

»Ich glaube, jetzt ist die Zeit für die Tasse Tee gekommen«, sagte Bwana Simba.

Der Tee wirkte, wie Bwana Simba es vorausgesagt hatte. Sein erster Besuch dauerte Wochen. Er war noch auf der Farm, als Vivian zur Schule musste, und er war wieder da, als sie für die Ferien zurückkehrte. Von Bwana Simba lernte der Vater Englisch, und die beiden Männer brauchten sich nicht länger nur auf Suaheli zu unterhalten. Erst da erzählte er von der Frau, die so lange auf der Farm geblieben war.

»Du hast sie geheiratet?«, fragte Vivian.

»Nein. Wo hätte ich heiraten sollen? Aber wir haben einige Kinder bekommen.«

»Wie viele?«

»Fünf oder sechs. Es ist schon lange her, weißt du.«

»Und?«, fragte der Vater.

»Nichts«, sagte Bwana Simba, »eines Tages ist die Frau fortgelaufen. Die Kinder auch. Sie wurden mich leid.«

Das war die Umschreibung für sein ganzes Leben. Nach seiner Frau hatten die Kinder die Farm verlassen. Später liefen die Angestellten fort. Nur Chai und die Bücher waren dem Bwana Simba geblieben. »Erst da bin ich wirklich glücklich geworden«, erinnerte er sich.

Er liebte Afrika und begehrte nichts anderes, als das verdorrte Gras und die nächtlichen Feuer zu sehen. Das weiße

Sonnenlicht und der große Regen, der die Welt verwandelte, waren ihm genug. Oft ritt er ins Tal der Nandi, deren Sprache er beherrschte und die er Vivian lehrte.

Abends, wenn Vivian schon im Bett lag, hörte sie die beiden Männer reden. Sie sprachen vom Krieg. Mit de Bruin sprach ihr Vater immer nur vom Krieg in Deutschland. Da wurde seine Stimme müde, und seine Worte waren traurig. Mit Bwana Simba sprach er vom Krieg in Troja. Da wich die Müdigkeit aus seinen Worten, und manchmal lachte er, obgleich er den tapferen Achill zu beweinen hatte. Vivian merkte sich alles, was sie hörte, denn sie erzählte die Geschichten Jogona, der schon längst nicht mehr von Shakespeare, sondern nur noch von Odysseus hören wollte. Es war an der Zeit, Bwana Simba zum Freund zu gewinnen. Aber als Vivian am nächsten Tag davon sprechen wollte, war er im Morgengrauen nach Hause geritten.

Nie war der Tag vorauszusehen, wann er wiederkommen würde. Manchmal blieb er nur einige Stunden auf der Farm, dann wieder wochenlang. Einmal ließ er sich sechs Monate nicht sehen, und Vivian und ihr Vater dachten, er würde nie wiederkommen. Sie sprachen ohne ihn vom Krieg in Troja. Als sie an der Stelle waren, da Odysseus zu seiner Frau zurückkehrte, kam auch Bwana Simba wieder. Neben seinem Pferd Moto, das nach dem Feuer benannt war, führte er ein zweites Pferd.

»Das«, sagte er zu Vivian, »ist Tembo. Er trinkt so gern Bier. Du bist nun alt genug, ein eigenes Pferd zu haben.«

Wenn Bwana Simba auf der Farm war, ritt Vivian täglich mit ihm fort, ehe das nächtliche Geheul der Hyänen verstummt war. Meistens schwiegen sie, aber ihre Augen nahmen die gleichen Dinge wahr. Sie sahen, wie sich die Sonne in den Dornen und Büschen verfing und wie die

Schlangen die Mittagshitze verschliefen. Flogen die Vögel mit den blau schimmernden Flügeln vorbei, hielten sie ihre Pferde an. Regungslos verharrten sie beide, wenn Gazellen vorbeizogen.

Bwana Simba nahm Vivian oft mit zu den Nandi. Die Männer waren hoch gewachsen und rieben ihre Körper mit Lehm ein, so dass die Haut glänzte. Sie flochten ihr Haar zu kurzen Zöpfen, was ihren Kopf größer erscheinen ließ, und sie bemalten ihre Gesichter mit leuchtenden Farben. Die Frauen hatten nackte Brüste und trugen viele und schwere Ketten aus Perlen, Muscheln, Zähnen und Knochen. Der Schmuck war so breit, dass er ihre Schultern bedeckte; manche von ihnen trugen auch schwere Reifen um den Oberarm. Fast alle hatten sie Ketten von winzigen bunten Glasperlen, die aus den lang gezogenen Ohrläppchen herunterhingen. Auch die Kinder trugen schon solche Perlen. Die Fliegen, die auf ihren Gesichtern und Armen saßen, störten sie nicht. Sie waren nicht scheu wie die Kinder der Kikuyu, sondern neugierig wie der Affe Toto, der sich bald von ihnen anfassen ließ.

Bei den Nandi lernte Vivian, das Blut einer frisch geschlachteten Gazelle zu trinken, das Männer stark und Frauen fruchtbar machte. Sie lernte auch die Worte, um einen Mann so zu verzaubern, dass er keine Augen mehr für andere Frauen hat. Sie wusste, was ein Kind zu sagen hat, wenn es ein Mann wird, und sie nahm sich in Acht, dass ihr Schatten nie auf eine schwangere Frau fiel, denn ein Schatten ließ das Kind sterben.

Jogona fragte oft nach den Dingen, die Vivian bei den Nandi lernte, aber sie schwieg über ihre Erlebnisse, was ihn zornig machte und seinen Großvater, den Medizinmann, erwähnen ließ.

»Der Tag ist noch nicht gekommen, um zu ihm zu gehen«, lachte Vivian dann.

Wenn sie das sagte, wurde Jogona wütend, denn es waren die Worte, die aus seinem Mund zu kommen hatten und nicht aus ihrem. Er fragte sich, was die Nandi wohl mit Vivian machten, aber er sprach nicht darüber.

Es war die letzte Stunde des Tages. Vivian und Bwana Simba waren lange bei den Nandi gewesen, hatten zu den Bergen gestarrt, ein wenig Blut getrunken und über eine Hochzeit gesprochen, die beim nächsten Mondwechsel stattfinden würde. Sie hatten ihren Rücken an der harten Baumrinde gerieben, die Kranke gesund machte. Nun waren sie zurück auf dem Weg zum Haus.

»Bwana Simba, wollen wir Freunde sein?«, fragte Vivian, als die großen Ameisenhügel in Sicht kamen.

»Weißt du, was das heißt?«

»Wir müssen Erde schlucken.«

»Das müssen wir«, sagte Bwana Simba. Schwerfällig stieg er vom Pferd.

Die Nacht war nicht mehr weit, als Vivian fragte: »Wirst du immer mein Freund bleiben?«

»Du darfst nicht von Tagen sprechen, die noch nicht gekommen sind.«

»Wir haben doch zusammen Erde geschluckt.«

»Die Zeit ist so stark wie ein Elefant. Sie macht Worte schwach, an die wir so fest geglaubt haben wie an die Sonne und den Mond«

»Warum?«, begehrte Vivian auf.

Sie wollte noch einmal Erde schlucken, aber der Bwana Simba hielt sie zurück. Er legte seine Hand ganz leicht auf ihren Arm. Die Berührung war nicht viel mehr als das Kribbeln einer Ameise auf der Haut.

»Du wirst nicht immer in Afrika bleiben, kleine Memsahib.«

»Doch, immer«, nahm sich Vivian vor.

Als sie schon im Bett lag und noch einmal an den Zauber der Nandi und an den Schwur mit Bwana Simba dachte, hörte sie ihn sagen: »Es wird schwer für Vivian sein, wenn sie eines Tages von Afrika fortmuss. Sie ist hier zu Hause.«

»Sie muss ihr Zuhause erst kennen lernen«, widersprach der Vater.

»Afrika lässt keinen los, Bwana Warutta.«

»Wie kannst ausgerechnet du das sagen? Du kennst doch nur dieses verfluchte Land. Du warst nie fort, seitdem du hergekommen bist.«

»Doch«, sagte Bwana Simba, »ich war einmal fort. Nach zwanzig Jahren bin ich nach England gefahren. Dachte, es müsste so sein.«

Die Worte knisterten wie die Flammen im Kamin. Im Nebenzimmer musste sich Vivian den Mund mit den Händen verschließen, weil sie sich das Gesicht ihres Vaters genau vorstellen konnte.

»Wie lange«, fragte er, »warst du fort von Afrika?«

»Drei Tage«, antwortete der Bwana Simba, »bis zum nächsten Schiff. Ich war England leid geworden, verstehst du?«

»Bei mir wird das anders sein«, hörte Vivian ihren Vater widersprechen. »Ich bin erst zu Hause, wenn ich meine Muttersprache wieder höre.«

In seiner Stimme lag ein fremder und kein berauschender Zauber, der Vivian verwirrte. Es war, als hätte der große Regen für alle Zeiten die Farm verlassen.

14

Der Regen zählte weniger Stunden, als der Affe Toto Regenzeiten erlebt hatte, aber die Luft war bereits schwer genug, um die Schakale vor der Zeit in den Schlaf zurückzuschicken. Jogona stand vor dem großen Wassertank am Haus, um die letzte Kühle und die fliehende Dunkelheit der Nacht zu genießen. Er hatte nicht mehr viel Zeit, um Vivian zu sagen, dass er bald ein Mann sein würde, und er wusste es. Wenn er seinen Körper berührte, zitterten die Finger. Sein Hals war trocken und dick.

Es war alles Lüge, was die Männer nachts vor den Hütten erzählten, wenn das Lachen nur im Mund und nicht in den Augen steckte. Es war nicht gut, ein Mann zu werden – schon gar nicht für einen, der anders war als die Kinder seines Jahrgangs. Wie sollte Jogona, nur weil er zu den Männern gerufen wurde, mit einem Mal all die Dinge vergessen, die viele Regenzeiten lang gut und wichtig gewesen waren?

Als er an den Wellblechtank klopfte, erschien ihm das Geräusch wie der rasch anschwellende Zorn vom Donner. Schmerzen, so stellte Jogona fest, hatten immer wieder ein anderes Gesicht. Nach denen, die in seinem Kopf dröhnten, konnte er nicht greifen. Er hatte gedacht, er würde lange auf Vivian warten müssen, denn es war ja noch dunkel, und sie wusste nichts von seinem Kommen. Als er aber das letzte Mal gegen den Wassertank schlug, kam Vivian bereits aus dem Haus.

Die Art, wie sie den Kopf hielt, verriet Jogona, dass auch sie der Ruf des Medizinmannes erreicht hatte. Trotzdem sagte er: »Der Muchau wartet auf uns.«

Seine Stimme steckte zu tief in der Kehle; sie klang, als würde sie einen Verlust beklagen. Das ärgerte Jogona. Er fürchtete, Vivian würde nun vor der Zeit Fragen stellen, er hatte sich jedoch getäuscht.

»Ich weiß«, antwortete sie, und auch ihre Stimme war von dieser fremden, sehr leisen Trauer getränkt. Vivian hielt Jogona eine Mangofrucht hin. Einen kurzen Augenblick, der nicht länger als der Flügelschlag eines Vogels währte, berührten sich ihre Hände.

Jogona kostete den Geschmack der vielen Regenzeiten, die hinter ihm lagen, aber er konnte nicht davon sprechen, solange das Geheimnis in ihm brannte. Wortlos machte er sich auf, um mit Vivian zu der Hütte jenseits des Waldes zu gehen.

Es würde ein heißer Tag werden. Er würde ohne Anfang und ohne Ende sein. Während die Sonne die Worte im Munde verbrennen ließ, würde dieser Tag mit offenen Augen schlafen und viel später wie ein Dieb in der Nacht zurückschleichen, um das zu stehlen, was er schon längst bekommen hatte. Jogona beobachtete, wie seine Füße beim Laufen das Gras teilten. Er suchte den Himmel nach einem verspäteten Stern ab, aber die Sonne fing schon an, die Wolken zu verfärben, und schneller als an jedem anderen Tag rannte er los. Vivian konnte ihm kaum folgen, aber noch immer stellte sie nicht die erwartete Frage. Erst als der Wald hinter ihnen nicht größer als eine Hand war, blieben die Kinder erschöpft stehen.

Vivian hielt Jogona die Mangofrucht hin, die er am Haus nicht hatte nehmen wollen. Diesmal griff er danach und begann sofort, an der grünen Schale zu reißen. Am Kern war die Mango noch nicht reif, und Jogona hatte viel Mühe, mit den Zähnen durchzukommen. Er musste die ganze Frucht in den Mund nehmen und sah dabei aus wie ein Krokodil. Es fiel Jogona auf, dass Vivian nicht lachte. Sein Herz schlug gegen die Rippen. Schließlich war er so weit, dass er die besten Stücke wieder ausspucken konnte. Er trocknete das gelbe Fruchtfleisch an der Hose und reichte Vivian einen Teil davon.

»Schmeckt nach Sonne«, sagte sie, doch Jogona fiel keine Antwort ein. Auf Worte, die so wenig zu greifen waren wie eine Schlange, hatte er nie eine Erwiderung gewusst. So zog er nur das Hemd aus.

»Ich auch«, sagte Vivian. Sie streifte ihre Bluse ab, band sie um die Taille und flüsterte »Jogona« in einem Ton, als würde sie den Namen zum ersten Mal aussprechen.

Noch nie war ihm Vivians Haut, die vor seinen Augen tanzte, bis ihm schwindelte, so weiß vorgekommen. Er ließ sich wie ein vom Pfeil getroffener Mann zu Boden fallen und wartete, bis die zuckenden Blitze verschwanden, die aus seinem Kopf schossen.

»Ich gehe zur Daheri«, erklärte er und war froh, dass er es endlich gesagt hatte.

»Du musst zur Beschneidung«, wiederholte Vivian. Sie setzte sich neben Jogona und versuchte, ihre Augen nicht zu bewegen, aber sie brannten bereits und waren voll von einem Schmerz, der den ganzen Körper erfasste. Nur um ihre Stimme wieder fest zu machen und das Zittern aus ihren Händen zu vertreiben, wiederholte Vivian noch einmal das Wort, das Trennung bedeutete.

»Daheri«, flüsterte sie. Es klang wie ein Abschied. »Jetzt wirst du ein Mann«, schluckte sie.

»Die Zeit ist gekommen.«

»Jogona, du hast noch nicht genug Regenzeiten gesehen.«

»Du weißt, dass ich genug Regenzeiten gesehen habe.«

»Aber ich will es nicht wissen.«

»Danach fragt niemand«, wusste Jogona.

Die Worte lauerten in der Luft wie Geier, die ein sterbendes Tier entdeckt haben. Vivian dachte an die vielen Tage, da sie mit Jogona versteckt im Gras gelegen hatte, um die Männer zu belauschen, wenn sie über die Beschneidung sprachen. Mit dreizehn Jahren wurden die Knaben zur Beschneidung geführt. Sie wurden in weiße Tücher gehüllt und pressten ihre Zähne zusammen, um den Schmerz zu verschlucken. Im Schein der Feuer hatten die Männer vom Messer gesprochen und vom Blut, das langsam in die Erde zu rinnen hatte.

»Warum du, Jogona?« Sie schämte sich sehr, weil sie wie ein Kind sprach.

»Ich muss sein wie alle«, antwortete Jogona, aber auch er schämte sich, weil seine Stimme noch nicht fest war wie die eines Mannes und weil er keine Freude im Herzen fühlte.

Nach der Beschneidung wurden die Tage anders. Die Scherze waren nicht mehr die gleichen. Die Männer vergaßen die Spiele der Kinder. So wie eine Gazelle vergessen wurde, die sich das Bein gebrochen hat und von der Herde zurückgelassen wird. Jogona würde von dem Tag der Daheri ab nachts zwischen den Männern sitzen. Wenn er lachte, würde seine Stimme rau sein, und neue Aufgaben würden auf ihn warten.

Vivan versuchte, sich die Tage vorzustellen, die nun kommen würden, doch die Bilder lagen noch im Nebel, und sie konnte nicht darüber sprechen. So sagte sie nur: »Gehen wir wegen der Beschneidung heute zum Muchau?«

Jogona machte eine unbestimmte Bewegung und ein Geräusch, das kein Wort aus seinem Mund ließ. Damit wollte er andeuten, dass alles nicht so wichtig war. »Wenn ich erst Daheri bin«, erklärte er, »habe ich nicht mehr viel Zeit, um mit Kindern herumzulaufen.«

Er sprach das Wort Kinder auf eine neue Art aus. »Ich verstehe«, seufzte Vivian. Sie beobachtete, wie die Schatten auf ihrer Brust tanzten. Hastig zog sie ihre Bluse an.

»Du wirst dich mit der Mango schmutzig machen, du Affe«, johlte Jogona, und mit einem Mal war seine Stimme wie immer.

»Ich werde mich schmutzig machen, du Freund eines Affen«, schrie Vivian zurück.

»Weshalb hast du dein Hemd wieder angezogen?«

»Ich weiß es nicht«, log Vivian und wandte sich ab.

»Affen wissen nie etwas.«

»Nein, Affen wissen nie etwas«, lachte Vivian. Die dunklen Bilder von den Tagen, die auf sie lauerten, schwanden. Erst als die Hütten der Nandi auftauchten und Jogonas Augen klein wurden, was immer ein Zeichen dafür war, dass er sich ärgerte, sprach Vivian wieder. Jogona hatte sie oft nach den Geheimnissen und Zaubersprüchen der Nandi gefragt. Stets hatte sie sich geweigert, ihm davon zu erzählen. Jetzt war die Zeit gekommen. Dann würde er seine Beschneidung vergessen. Da endlich würde er anders sein als die Kinder seines Jahrgangs.

»Ich werde dir die Stelle zeigen, wo sich die Nandi mit Lehm einreiben und Blut trinken«, lockte sie und fühlte sich stark.

»Es ist zu spät«, antwortete Jogona. Er zog Vivian weiter. »Sie mögen keine Fremden.«

»Ich bin keine Fremde.«

»Bist du eine Nandifrau?«, fragte Jogona, blieb stehen und hatte viel Spott in den Augen.

»Ich weiß alles von den Nandi«, erklärte Vivian. Sie sah befriedigt zu, wie Jogonas Augen sich mit Zorn füllten.

»Du gehst immer mit dem Bwana Simba zu den Nandi«, stellte er fest und tat so, als hätte er es eben erst erfahren.

»Ja«, lachte Vivian, »und wenn du erst Daheri bist, gehe ich jeden Tag hin. Bei den Nandi haben die Männer viel Zeit.«

Jogona gab vor, er müsste sich ihre Worte gut überlegen. Er hielt den Kopf schief und scharrte mit seinen nackten Füßen wie ein Huhn, das nach Futter sucht. »Du bist nicht wie eine Weiße«, sagte er schließlich.

»Bin ich wie du?«

»Du redest zu viel«, seufzte Jogona, »alle Frauen reden zu viel.«

Der Berg in der Ferne war groß und dunkel. Nur die in der Sonne glänzende Spitze war klar. Man erzählte sich, dass der schweigende Gott Mungu auf der anderen Seite wohnte. Einsam stand eine Dornakazie in der weiten Steppe.

»Mungu hat sie gepflanzt«, sagte Vivian.

»Nein, der Wind hat ihren Samen hierher geweht«, widersprach Jogona. Vivian wagte keine Erwiderung mehr.

Unter dem Baum graste eine Herde Zebras. Die jungen Tiere schrien hungrig, wenn die älteren sie von den kargen Pflanzen wegstießen. Auf den dürren blattlosen Ästen hockten Geier. Vivian suchte die Erde nach Spuren ab, aber nirgends fand sie ein Zeichen dafür, dass einer vor ihr den Weg gegangen war.

Jogona hatte winzige Schweißperlen auf der Nase. Sie machten seine Haut silbern. Keuchend ging sein Atem. Es war das einzige Geräusch dieses windstillen Tages, der nun endlich zur Ruhe gekommen war.

»Du hast Recht«, erklärte Vivian, »es ist gut, wenn man nichts sagt.«

»Weshalb sprichst du dann schon wieder?«

»Alle Frauen reden zu viel.«

Wie immer, erkannte Jogona seine eigenen Worte nicht. »Ja«, bestätigte er, »so ist es.« Er sah Vivian mit dem Spott eines Mannes an, der einem nach Wasser schreienden Kind erst den Fluss zeigen muss, obwohl es schon am Ufer steht.

»Wir sind da«, sagte er.

»Wo sind wir?«

»Beim Muchau.«

»Nein«, schrie Vivian. Angst stieg in ihr hoch. Sie warf sich zu Boden, wie es Jogona am Morgen getan hatte, doch sie begriff, dass die Erde ihr ihre Schritte nicht wieder zurückgeben würde, und sie schämte sich.

»Siehst du denn nicht seine Hütte?«, fragte Jogona, als er Vivian hochzog.

»Jogona«, wehrte sich Vivian, »wir sind sehr lange gelaufen. Als wir fortgingen, heulten die Hyänen noch.«

»Ich weiß.«

»Und jetzt hat die Sonne ihren Schatten gefressen.«

»Warum sagst du das alles?«

»Weil ich nichts gemerkt habe«, wunderte sich Vivian.

»Ich habe den Muchau nicht erkannt. Ich habe seine Hütte nicht gesehen.«

»Du wirst nie das finden, was du suchst«, sagte Jogona, aber er holte den Spott aus seinen Worten, ehe er sie aussprach.

»Warum, Jogona, warum?«

»Weißt du das nicht? Du hast keine Augen.«

Vivian wollte ihm antworten, aber sie spürte, dass er Recht hatte. Jogona hatte lange gezögert, ehe er sich auf den Weg zum Medizinmann gemacht hatte, er hatte jedoch sofort erkannt, wann er ans Ziel gekommen war. Er war klug und fast schon ein Mann. Vivian wäre gern mit ihm umgekehrt, um auf den Abend zu warten. Sie wollte nicht mehr zum Muchau. Sie wollte mit Jogona unter dem Dornenbaum in der Nähe des Hauses sitzen und die Zeit festhalten. Sie wollte ihn reden hören und noch einmal zum Schwur der Freundschaft mit ihm Erde essen. Alles aber war anders geworden, seitdem er von seiner Beschneidung gesprochen hatte.

»Komm, Memsahib kidogo«, drängte Jogona. Zum ersten Mal gebrauchte er die Anrede, die alle außer ihm auf der Farm schon lange im Mund hatten. Vivian fiel es sofort auf, und sie wunderte sich, dass die Worte sie schmerzten.

»Ich will nicht mehr hin, Jogona.«

»Du willst hin, aber du hast Angst.«

»Ja, ich habe Angst. Es dreht sich alles.«

»Ich weiß«, sagte Jogona. Seine Stimme war sanft. Zum ersten Mal war seine Stimme so weich wie eine Nacht, die nach der Hitze des Tages den Regen kosten darf.

Der alte Muchau hockte mit gekreuzten Beinen auf der Erde. Seine Haut wirkte wie Büffelhaut, die zu lange in der Sonne gelegen hat. Sie hatte die Farbe von Sand. Der Schädel des Greises war kahl, klein und mit Fliegen übersät. Die dünnen Arme traten wie die Äste eines abgestorbenen Baumes unter dem schwarzweißen Affenfell hervor, das um seine Schultern lag. Der Medizinmann war älter als je ein Mensch, den Vivian gesehen hatte. Auf seiner

Stirn glänzten tiefe, mit weißer Farbe ausgeschmierte Narben. Die halb geschlossenen Augen waren von weißen Kreisen umrandet. Mit seinen nackten Zehen berührte der Muchau den Kopf einer toten Ziege. Große, schwarze Fliegen summten um das Blut.

Aus der Kehle des Muchau gurgelten heisere Laute. Er schwang seinen Oberkörper mit weichen, langsamen Bewegungen von der einen Seite zur anderen und schlug sich jedes Mal meckernd auf den nackten Leib, wenn ihm das Affenfell von den Schultern rutschte. Vivian musste an die Fröhlichkeit der Nandi denken und schluckte fest, um den Widerwillen beim Anblick des Muchau nicht in ihre Augen zu lassen.

»Wir sind gekommen«, sagte Jogona auf Kikuyu.

»Eeeh«, erwiderte der Muchau und spuckte auf die Erde, »eeeh«, meckerte er. Er sah Vivian und Jogona an, schloss die Augen und öffnete sie wieder, doch er sagte kein Wort. Mit einer Handbewegung forderte er die Kinder auf, sich neben ihn zu setzen. Vivian fühlte, wie der Ekel von ihr abfiel. Der Muchau war klug. Hätte Jogona sie sonst zu ihm geführt? Nach einer langen Zeit des Schweigens sang der alte Mann das Lied vom Fluss, der sich aufmachte, um die Sonne zu suchen, und dann am Fieber gestorben war. Wenn der Muchau Vivians Beine berührte, war seine Hand heiß und trocken wie der sterbende Fluss.

Der Tag verrann, während die Sonne das Blut der toten Ziege schwarz färbte. Die Fliegen summten nicht mehr. Später flogen sie ins Gebüsch. In der Ferne sah man Zebras.

»Was«, fragte der Muchau endlich, »wollt ihr von mir?«

Seine Worte machten Vivian wach. Sie fühlte, wie Leben in ihre Glieder zurückkam, ihr Herz schneller schlug und der Kopf klar wurde. Der Muchau war groß und gut und stark. Sie griff nach seiner knochigen Hand, die so leicht war wie die Steine am Fluss, und der alte Mann ließ es geschehen.

Vivian dachte an ihren Vater. Nur der Muchau konnte ihm helfen, konnte ihm die verlorene Heimat wiederbringen, von der er immer sprach. Sie überlegte angestrengt, wie sie das dem Muchau klarmachen sollte. Weder in Kikuyu noch in Suaheli gab es ein Wort für »Heimat«. Sie konnte dem Muchau nichts von den Träumen ihres Vaters erzählen. Mit einem Mal verschwand auch das Gesicht ihres Vaters aus ihren Gedanken. Sie wusste nur noch eins: Jogona würde bald ein Mann werden.

»Ich will hören, wie man Freunde behält«, sagte Vivian. Noch ehe sie fertig gesprochen hatte, begriff sie, dass sie die Sache ihres Vaters verraten hatte. Sie hatte nicht mehr an das Lachen gedacht, das sie auf sein Gesicht zurückzaubern wollte. Sie hatte an die Nandi, an den Bwana Simba und an Jogonas Beschneidung gedacht, aber nicht an Deutschland, wohin ihr Vater wollte.

Beklommen versuchte Vivian, die Gedanken zurückzuholen, die aus ihrem Kopf geflüchtet waren, doch sie wusste, dass sie auf immer die Gelegenheit verspielt hatte, ihren Vater glücklich zu machen. Nie würde sie zum Medizinmann zurückkehren. Jogona würde sich nicht noch einmal mit ihr auf den Weg machen.

»Was willst du wissen?«, spuckte der Muchau.

»Ich will wissen, wie man Freunde behält«, sagte Vivian. Sie schämte sich nicht mehr. War nicht Odysseus, von dem ihr Vater so gern sprach, glücklich geworden auf seinen Reisen?

»Es ist schwer mit Freunden«, sagte der Muchau.

»Du bist klug«, erkannte Vivian.

»Was hast du mir mitgebracht?«

»Nichts«, erklärte Jogona hastig, »wir wollten dich nur sehen. Hier, die kleine Memsahib wollte dich sehen. Du bist klüger als der weiße Gott. Deshalb wollten wir dich sehen.«

Vivians Bewunderung für Jogona war mächtig. Immer fand er die richtigen Worte. Er ging stets den Weg, der vor seinen Füßen lag. Das Ziel, das seine Hände nicht fassen konnten, fand er mit den Augen. Jogona hatte Vivian vergessen lassen, was ihrem Vater wichtig war. Es war gut so, denn Jogona hatte immer Recht. Sie berührte vorsichtig seine Hand. Er stand auf, und zum zweiten Mal an diesem Tag, den sie ein Leben lang nicht vergessen würde, zog er sie hoch. Schweigend standen beide vor dem alten Mann. Der Muchau hatte mehr Regenzeiten erlebt, als er zählen konnte. Er war klug und schweigsam. Alle wussten, wie klug er war. Was immer er tat, wurde gutgeheißen. Er stellte das Gift her, um Böses zu vertreiben. Er rührte Medizin für die Kranken. Er kannte keinen Zweifel an seiner Macht. Was seine Väter vor ihm getan hatten, tat auch er. Vor seinen Vätern aber hatte nie ein hellhäutiges Kind mit dem Körper eines Mädchens und den Augen einer Frau gestanden.

Der Anblick von Jogona und Vivian, die so dicht beieinander standen, dass sie wie ein einziges Zebra aussahen, ließ den Muchau ein ihm bis dahin fremdes Gefühl von Wehmut empfinden. Ihm war, als würden die Bäume im Tal kleiner und der Himmel dunkler werden, und obgleich es Tag war, vermeinte er die Hyänen zu hören.

»Kann man Freunde behalten?«, fragte Vivian zum dritten Mal.

»Ja«, erwiderte der Muchau. Zum ersten Mal in seinem Leben aber suchte er nicht nach einem Zauber, denn er begriff, dass alles gut sein würde, was immer er auch sagte. Die Erkenntnis erheiterte ihn.

»Ja«, wiederholte er, »man kann Freunde behalten, wenn man zum Muchau kommt.« Er lachte. Seine Augen berührten erst Jogona, dann Vivian.

Er tat, als sei die Zeremonie fest vorgeschrieben, als er aufstand, in seine Hütte ging und mit einer ausgehöhlten Kürbisfrucht zurückkam, wie sie die Frauen beim Wasserholen benutzten. Das Gefäß glänzte in der Sonne. Der Muchau füllte es mit Blut.

»Das Blut ist noch warm«, sagte er und deutete auf den Körper der Ziege.

Jogona schüttelte seinen Kopf. Vivian sah es und verdrängte die Freude in ihren Augen. Jogona war nicht gewohnt, Blut zu trinken. Kein Kikuyu war es. Sie aber hatte bei den Nandi gelernt, wie man das Blut die Kehle hinunterfließen ließ und wie weich und süß seine Wärme war. Sie nahm Jogona das Gefäß aus der Hand und trank in gierigen Zügen. Dann warf sie ihren Kopf zurück, bis die Sonne sie blendete, und fühlte eine schwere, gute Müdigkeit in ihrem Körper hochsteigen.

Die Nasenflügel des Muchau bebten. Sein Gesicht war bunt wie jene Vögel, die nur glückliche Menschen sehen konnten. Seine Haut war nicht mehr dünn und gelb wie Sand, sondern glänzend und die eines jungen Mannes. Diese gute Haut roch nach Regen, obwohl der Tag vertrocknet war. Vivian dachte an den fernen Tag, als sie mit Jogona im Gras gelegen hatte und sein Bruder geboren wurde. Dann warf sie der Muchau zu Boden und befahl ihr, das Blut aus ihrem Körper herauszuwürgen. Sie sah, wie es in die gerissene Erde eindrang. Sie fühlte sich stark und unverletzlich.

Der Muchau zupfte einige Haare aus dem Ziegenfell, band sie zu einem kleinen Büschel und gab es Vivian.

»Hier«, sagte er, »wenn du einen Freund behalten willst, dann musst du sein Gesicht mit diesem Haar berühren.«

Vivian wollte dem Muchau sagen, was er für sie getan hatte. Eine Menge schöner Worte fielen ihr ein, die ihm bestimmt gefallen hätten, aber er hockte schon wieder vor seiner Hütte und sang.

»Komm«, keuchte Jogona und sah sich voller Furcht um, »wir müssen schnell fort von hier.« Er rannte los, wie am Morgen, ohne ein einziges Mal nach hinten zu schauen.

Erst als das trockene Flussbett in Sicht kam, blieb Jogona stehen. Er rieb sich die Füße an der harten Erde und wischte sich die Schweißperlen von der Stirn.

»Warum hast du dein Hemd wieder ausgezogen?«, fragte er.

»Ich weiß es nicht«, log Vivian. Sie trat ganz dicht auf Jogona zu. Es sah aus, als hätte sie ihm etwas mitzuteilen, das noch nicht einmal die Bäume hören sollten, aber sie sagte nichts. Sanft strich sie mit dem Ziegenhaar über sein Gesicht.

Jogona tat, als hätte er nichts gemerkt. »Du weißt nicht, weshalb du dein Hemd wieder ausgezogen hast«, wiederholte er.

»Nein«, antwortete Vivian. »Ich will, dass die Sonne auf meiner Haut schläft.«

»Das will ich auch«, lachte Jogona. »Ich will das auch.« Er band den Strick von seinen Hüften los, warf seine Hose in die Luft und rannte nackt wie ein schwarzer Pfeil auf die Farm zu.

15

Das Leben hatte sich verändert wie nie zuvor. Jogona war verschwunden und der Krieg zu Ende. Als Vivian von der Schule nach Hause kam, hieß es, Jogona sei zur Beschneidung gegangen, doch er kehrte nicht auf die Farm zurück, wie es die meisten jungen Männer taten. Niemand wusste, ob die Beschneidung überhaupt schon stattgefunden hatte. »Vielleicht morgen«, pflegte Kamau zu sagen, wenn Vivian mit ihm darüber sprach. In seinen Augen war viel Schadenfreude, und Vivian tat ihm den Gefallen, sich darüber zu ärgern. Kamau hatte es nie gern gesehen, dass Jogona eine Sonderstellung auf der Farm genoss und ins Haus kommen durfte, so oft er wollte.

»Vielleicht sucht er sich einen neuen Bwana«, sagte er mehr als einmal, und diese Andeutung, die so gut zu der Ungewissheit passte wie der Flecken zum Leoparden, machte Vivian besonders wütend.

Mit ihrem Vater konnte Vivian nicht über Jogona sprechen. Seitdem der Krieg zu Ende war, hatte der Vater überhaupt keinen Sinn mehr für die Dinge, die wirklich wichtig waren. Ob de Bruin von der nächsten Ernte sprach oder Choroni eine Kuh krankmeldete, der Vater sagte stets »Bald sind wir zu Hause«. Sein Gesicht wirkte dabei, als hätte er endlich die Zauberformel gefunden, nach der er so lange gesucht hatte.

Dieser eine Satz hatte alles anders gemacht auf der Farm. Das erste Mal hatte der Vater auf dem Weg zur Flachsfabrik von zu Hause gesprochen. Vivian hatte zunächst nicht begriffen. Sie hatte gerade an Jogona gedacht und wie lang die Tage ohne ihn waren, und sie hatte angenommen, der Vater wollte den Weg abkürzen und schneller nach Hause gehen als sonst. Erst an seinem Gelächter, das auf einmal ganz anders geklungen hatte als sonst, hatte sie gemerkt, dass er von Deutschland sprach, wenn er zu Hause sagte.

»Bald wird der große Regen hier sein«, hatte sie geantwortet, um den Vater daran zu erinnern, dass man nicht von Tagen zu reden hatte, die noch nicht gekommen waren.

»Es wird unser letzter großer Regen sein.«

Damals begriff Vivian, dass die Rede von der Heimkehr nach Deutschland kein neues Spiel war, wie sie zuerst gehofft und dann so sehr gewünscht hatte. Es war nie ein Spiel gewesen, wenn ihr Vater davon gesprochen hatte, dass er nicht in Afrika bleiben wollte, aber sie hatte es zu spät gemerkt. Sie war noch ein Kind gewesen. Jogona hatte Recht. Sie schlief auf den Augen.

Vivian dachte viel an den Besuch beim Medizinmann. Er hatte ihr den Wunsch erfüllt, den sie gar nicht ausgesprochen hatte. Die Trauer war aus den Augen ihres Vaters verschwunden, wenn er von Deutschland sprach. Die Lieder, die er nun sang, klangen anders als zuvor. Weil Vivian ihren Vater liebte und an seinem Kummer gelitten hatte, schämte sie sich sehr, dass sie nun seine neue Fröhlichkeit nicht teilen konnte. In ihrem Herzen aber zürnte sie dem Medizinmann, der den Krieg beendet hatte. Ihr Vater war glücklich geworden und sie traurig. Auch hatte sie nicht ihren Freund behalten, wie der Medizinmann versprochen hatte. Jogona war ohne ein Wort von ihr gegangen.

Es kam die Nacht, da der große Regen einsetzte. Die Hunde hatten sich noch nicht an den veränderten Klang der Geräusche gewöhnt und klagten laut. Vivian kannte diese Unruhe. Sie machte sich bereit, in die Nacht hinauszulaufen und das Gefühl der Entwurzelung mit den Tieren zu teilen. Als sie die ersten Regentropfen auf der Haut fühlte und das vertraute Gefühl der Belebung genoss, wurde ihr bewusst, dass sie dieses geliebte Gefühl der Verwandlung wohl zum letzten Mal erleben durfte.

Seufzend zog Vivian ihren Mantel über das Nachthemd, schlüpfte in die Gummistiefel und prüfte, ob sie das Ziegenhaar in der Tasche hatte. Sie zögerte, die schützende Umgebung des Hauses zu verlassen, denn sie hatte die erste Nacht des großen Regens nie ohne Jogona verbracht. Dann aber wehte aufgeregtes Gelächter von den Hütten zu ihr hinüber. Sie hatte diesen nächtlichen Stimmen nie widerstehen können, und sie trat in die Dunkelheit hinaus. Vivian spürte den Wind auf ihren trockenen Lippen und merkte, wie der alte Zauber der ersten Regennacht von ihr Besitz ergriff. Die weich gewordene Erde gab unter ihren schweren Schuhen nach. Ihr war es, als habe sie länger als sonst auf diese Nacht gewartet und als würde etwas sehr Wichtiges geschehen.

Im Schatten, den die Hauswand im Mondlicht auf das Gras warf, stand eine von Kopf bis Fuß in einen weißen Umhang gehüllte Gestalt. Sie kam langsam auf Vivian zu. Die Bewegungen glichen denen einer jagenden Katze, die die Beute erspäht hat, aber noch nicht zum Fang bereit ist. Im weißen Licht wirkte der kahle Schädel der fremden Gestalt wie eine große Kugel; die Augen im Gesicht waren ganz hell, als seien sie von innen erleuchtet. Es waren die Augen, die Vivian erkannte.

»Jogona«, sagte sie unbeholfen, »du bist wiedergekommen.«
Sie wollte auf ihn zugehen, aber noch waren ihre Beine
zu schwer. Stattdessen streichelte sie verlegen den Hund,
der winselnd an ihr hochsprang.

»Du musst keine Angst haben, Polepole«, sagte sie und
suchte in dem nassen Fell jene Sicherheit, die das Vertraute ihr immer gab. Sie wartete geduldig, bis der Hund die
Tränen weggeleckt hatte, die ihr über das Gesicht rannen.
Jogona stand regungslos vor dem Wassertank. Er hatte die
Arme unter dem Umhang hervorgestreckt und wirkte wie
eine Fledermaus. Vivian hatte ihn noch nie völlig beklei-
det gesehen. Der Anblick machte sie erneut verlegen.

»Du bist wieder da«, murmelte sie benommen, »du bist am
Tag gegangen und in der Nacht zurückgekehrt.«
Ihr Vater hatte Recht. Es war gut, einen Vorgang erst einmal deutlich zu schildern und die Einzelheiten auszusprechen. Eines Tages würde sie schweigen können, wie Jogona sie gelehrt hatte. Bis dahin aber war es gut, mit Worten
zu spielen. Vivian lief auf Jogona zu, ließ den rauen Stoff
seines Umhangs durch die Finger gleiten und wusste
Bescheid. Es gab keine Fragen mehr.

»Du weißt es?«, fragte Jogona.

»Ich weiß es«, flüsterte Vivian.

»Daheri«, sagte Jogona trotzdem und zog das weiße Tuch
fest um seine Hüften.

»Du bist zur Beschneidung gegangen, Jogona.« Es war viel
Ehrfurcht in Vivians Stimme, aber noch stärker spürte sie
die Trauer.

»Weißt du noch«, erinnerte sich Jogona, »wie wir als Kinder Erde geschluckt haben?« Er ließ sein Lächeln sofort
wieder verschwinden. Es war, als schämte er sich seiner Erinnerungen an diesem wichtigen Tag seines Lebens.

»Als Kinder haben wir Erde geschluckt«, wiederholte Vivian. In Gedanken zählte sie die Regenzeiten auf, die seither vergangen waren. »Jetzt bist du ein Mann«, sagte sie.

Jogona hielt den Kopf gesenkt.

»Die Nacht gehört noch mir«, antwortete er.

Er beugte sich zur Erde hinunter und nahm eine Hand voll Schlamm auf, wartete, bis Vivian das Gleiche tat, und fuhr dann fort: »Damals hast du gesagt: ›Jogona, ich bin dein Freund!‹ Ja, so war es«, kaute er, und er trank seine eigenen Worte wie die Erde den Regen.

»Rafiki«, bestätigte Vivian. Das Wort für Freund kitzelte ihre Zunge. Sie wollte Jogona fragen, weshalb er erst am nächsten Tag ein Mann werden würde und was ihn in der Nacht der Beschneidung zu ihr getrieben hatte, aber sie schwieg. Jogona würde nicht antworten. Noch nicht. Vielleicht nie mehr. Es war gut so.

»Heute morgen sind wir beschnitten worden«, sagte er.

»Hat es wehgetan?«

»Ich habe nicht nach dem Schmerz gefragt.«

»Du fragst nie, Jogona.«

»So ist es«, bestätigte er, »aber du fragst immer.«

Diesmal lächelte er, ohne sich zu schämen. »Die anderen Knaben meines Jahrgangs haben viel getrunken«, sagte er. Die alte Verachtung, die Jogona schon immer für die Gleichaltrigen empfunden hatte, gab seinen Worten die Schärfe eines neuen Messers. Vivian erinnerte sich der lauten Feiern in der Nacht der Beschneidung. Wie oft hatte sie mit Jogona im Gras gelegen und die Reden belauscht. Sie hatten aus ihrem Versteck zugeschaut, wie die alten und jungen Männer um das Feuer saßen und aus langem Zuckerrohr das frisch gebraute Tembo tranken. Erst im Morgengrauen hatten sich alle betäubt niedergelegt.

»Du hast nicht getrunken, Jogona.«

»Ich wollte zu dir.«

»Zu mir?«

»Ja«, erklärte Jogona missmutig, »ich versteh' es auch nicht. Meine Beine wollten zu dir.« Er machte eine Handbewegung, um Vivian an einer Antwort zu hindern. »Niemand hat mich gesehen. Als ich fortging, schliefen alle noch. In diesem Jahr haben sie viel mehr getrunken als in den anderen Jahren.«

»Woher wusstest du, dass ich vor dem Haus war?«, fragte Vivian leise.

»Ich wusste es.«

»Aber ich habe doch keine Augen, Jogona. Das hast du doch so oft gesagt.«

»Manchmal doch«, gestand er widerstrebend, »manchmal doch.« Er spuckte eine Rose an, die kurz vor der Blüte stand. »Komm! Du hast genug geredet.«

»Wohin gehen wir?«

»Wir laufen durch die Felder«, lachte Jogona. »Nicht morgen. Heute.«

»Nicht morgen, heute«, jubelte Vivian, doch Jogona hielt ihr den Mund zu. Seine Hand brannte wie Feuer.

Er rannte mitten durch die nassen Stauden in die Maisfelder. Gelegentlich riss er eines der großen Blätter ab, warf es in die Luft und blieb keuchend am Ameisenhügel stehen. Den Kopf hielt er wie ein Marabu. Das war bei Jogona schon immer ein Zeichen der Trauer gewesen, und Vivian wurde so unsicher, dass sie stolperte.

»Wir haben viel Zeit«, sagte Jogona vorwurfsvoll und fing sie auf, »der Morgen ist noch lange nicht gekommen. Weiter«, drängte er, »wir laufen, bis wir die Hunde nicht mehr hören können.«

Er hielt erst wieder an einer umgestürzten Zeder an, stellte die Lampe ab und drehte den Docht so weit zurück, dass nur eine schwache Flamme die Dunkelheit erhellte.

»Es ist genug«, sagte er, »du kannst anfangen.«

»Womit?«

»Mit Erzählen.«

»Ich«, johlte Vivian, »soll dir erzählen? Wie einem Kind soll ich dir erzählen?«

Sie erwartete Jogonas Widerspruch und machte sich zum vertrauten Spiel bereit, aber er sagte nur »Ja« und sprach das eine Wort mit einer solchen Bestimmtheit aus, dass das Echo scharf von den Bergen abprallte.

Verwirrt zog Vivian ihren Mantel aus. Es war nicht gut, ein Echo in der Nacht zu hören. Das machten nur Diebe der Zeit, die die Tage stehlen wollten.

»Was machst du da?«, wollte Jogona wissen. »Warum legst du den Mantel auf die Erde?«

»Ich wollte das nasse Holz fühlen«, erklärte Vivian und zog ihr langes weißes Nachthemd fester um sich.

»Du siehst aus wie ein Mann nach der Beschneidung«, staunte Jogona. Er deutete auf seinen weißen Umhang.

»Aber ich bin kein Mann.«

»Heute Abend«, erklärte Jogona und zog Vivian die Gummistiefel von den Füßen, »sind wir beide nur Leute. Warum hast du Schuhe im Regen an?«

»Ich wusste doch nicht, dass du kommen würdest«, erinnerte ihn Vivian.

Jogona schüttelte den Kopf. »Fang endlich an. Ich hab' nur Zeit, bis die Sonne kommt.«

Vivian spürte einen schneidenden Schmerz, der ihren Körper erst heiß und dann kalt machte. Sie wollte es Jogona sagen, doch sie wusste nicht, wie.

»Ich kenne ein Volk mit vielen Medizinmännern«, erklärte sie stattdessen.

»Kikuyu?«

»Nein, Weiße.«

»Weiße Muchaus?«, zweifelte Jogona.

»Ja«, kaute Vivian mit Genuss. »Es gab einen Medizinmann, der den Donner kommen ließ, und einen, der Wasser in die Flüsse brachte. Für eine gute Ernte sorgte eine Frau. Sie hieß Ceres. Sie ließ den Mais wachsen.«

»Seres«, wiederholte Jogona.

»Ceres«, verbesserte Vivian. Die vertraute Melodie des alten Spiels belebte sie.

Sie vergaß, dass diese Nacht die des Abschieds war. Noch einmal erlebte sie ihre erste Begegnung mit Jogona, wusste noch, wie er sie damals lachend verbessert hatte. Später hatte sie es ebenso getan. Damals war der Zauber ganz stark gewesen und trotzdem nicht schwerer als ein Sonnenstrahl. Sorgfältig wählte Vivian ihre Worte, um die Geschichte von Ceres und deren Tochter Persephone so spannend wie möglich zu machen. Sie erzählte von der Verschleppung in die Unterwelt und der Heimkehr zur Mutter. Manchmal sprach sie Suaheli, dann wieder Kikuyu, und bei jeder Pause wartete sie gespannt, dass Jogona sie zum Weitererzählen drängte. Der aber saß regungslos auf dem Baumstamm und starrte in die Ferne. Auch er wusste, dass die Tage nicht wiederkehren würden. Kein einziger.

»Es ist so weit«, sagte Vivian schließlich.

»Was?«

»Ich bin fertig. Es gibt nichts mehr zu sagen.«

»Das geht nicht«, protestierte Jogona, »ich muss von den anderen weißen Medizinmännern hören. Heute Nacht musst du mir alles erzählen, was du weißt.«

»Gut«, gab Vivian nach, »du willst es so.«

Sie erzählte vom Götterboten Hermes, der Flügel an den Schuhen trug, und von der Göttin Venus und ihrem Sohn. »Er hieß Amor.«

»Amos«, bestätigte Jogona.

»Nein, Amor. Er war der Medizinmann für Freunde.«

»Dafür gab es einen Medizinmann? Ließ er die Leute Blut trinken und Erde schlucken?«

»Nein, er hatte Pfeil und Bogen.«

Jogona war enttäuscht. »Ein Nandi«, schimpfte er ange-ekelt, »ein dreckiger Nandi.«

»Es war kein Nandi«, beharrte Vivian.

»Mit Pfeil und Bogen? Was war er sonst?«

»Er war so weiß wie ich.«

Jogona betrachtete Vivians Beine und dann seine eigenen. »Na gut«, räumte er ein, »aber er war ein armer weißer Mann. So ein Mann wie Bwana Simba. Der hat auch kein Gewehr. Was hat denn dieser arme Weiße mit seinem Pfeil und Bogen geschossen?«

»Er hat Menschen geschossen. Er hat sie ins Herz geschos-sen.«

An Jogonas Atem spürte Vivian, wie erregt er war.

»Wie viele Menschen hat Amos getötet?«, fragte er schließlich nach langem Schweigen.

»Er hat sie nicht getötet. Er hat so geschossen, dass die Menschen nichts merkten.«

»Und das hat ihm Freude gemacht?«, staunte Jogona.

»Ja«, versicherte Vivian, »Amor hat die Menschen genau ins Herz getroffen, und sie wurden Freunde. Für immer. Ihre Herzen wollten es so.«

»Verstehst du das, kleine Memsahib?« Die Anrede klang fremd in dieser sanften Nacht der Trennung.

»Erinnerst du dich denn nicht an deine Beine, Jogona? Sie wollten auch zu mir.«

»Und die Pfeile? Waren sie vergiftet?«

»Ja. Sie waren vergiftet. Sie waren mit dem Gift für Freunde eingerieben. Aber das tötet nicht.«

»Oh«, schrie Jogona auf. Er ließ sich zu Boden fallen und blieb regungslos wie ein im Laufen getroffener Wasserbock liegen, schien noch nicht einmal mehr zu atmen, und aus dem weiten Beschneidungsumhang schaute nur noch der Kopf hervor.

»Jogona«, schrie Vivian. Sie dachte an das ihr vertraute Unheil bringende Echo der Nacht. »Was ist mit dir? Steh auf.«

»Ich kann nicht«, jammerte Jogona, »Amos hat mich geschossen. Er hat mit Pfeil und Bogen geschossen.«

Vivian kniete neben ihm und hielt die Lampe dicht an sein Gesicht. Sie sah seine Augenlider flattern und dachte daran, wie Psyche mit der Öllampe Amors Flügel angesengt hatte. Erschrocken drehte Vivian die Lampe aus und warf sich ins hohe Gras.

»Jogona«, keuchte sie benommen vom Geruch der feuchten Erde, »mich hat er auch geschossen.«

Kaum hatte sie gesprochen, begriff Vivian, dass Jogona eine neue Art der Scherze hatte. Er machte nun Scherze wie ein Mann. Sie streckte ihre Hand aus, zog an Jogonas Umhang und berührte seine nackte Schulter. Ihre Finger zitterten ein wenig, aber sie wusste, dass es so sein musste. Er ist groß, überlegte Vivian, und er macht nun Scherze wie ein Mann. Sie wollte lachen, doch als sie den Mund aufmachte, spürte sie die feuchte Erde und schluckte gierig. Jogona lag noch immer da, ohne sich zu bewegen. Seine Haut roch süß.

»Fang mich«, rief Vivian, sprang hoch und rannte durch das hohe Gras. Sie lief im Kreis wie ein verfolgter Hase, blieb stehen und lockte leise: »Fang mich.«

Sie sah, wie Jogona zögerte. »Kannst du denn nicht mehr laufen, du Mann?«, fragte Vivian. Sie betonte das letzte Wort mit jener Mischung aus Spott und Hochachtung, für die Jogona schon immer empfänglich gewesen war, und zufrieden sah sie ihn in die Falle gehen. Mit ausgebreiteten Armen lief er auf Vivian zu. Sie wartete, bis er sie fast erreicht hatte, und rannte dann fort.

Jogona holte Vivian am Rande des Maisfelds ein. Dort war es so dunkel, dass sie ihn nicht sehen konnte, aber sein Atem machte ihr klar, dass sie nun stehen bleiben musste. Sie tat das mit einer solchen Plötzlichkeit, dass Jogona fast hingefallen wäre, doch er schwankte nur ganz kurz und zerrte Vivian an den Waldrand zurück.

»Du kannst ja noch laufen«, lachte sie, »du kannst noch laufen, du Mann.« Während Vivian auf die Erde glitt, klagte sie: »Amor hat mich geschossen«. Sie trieb das Zittern in die Stimme, das die Wasserböcke hatten, ehe sie von den Hunden in den Fluss gestoßen wurden.

»Mich auch«, wimmerte Jogona, »Amos schießt die ganze Nacht.«

Viel später, als der Mond dabei war, zum letzten Mal die Farbe zu wechseln, fragte er: »Du wirst immer mein Freund sein?« Seine Augen waren groß wie die der Kühe. Es war, als würden alle Regenzeiten verschwinden und zusammen zu dieser einen Regenzeit werden, deren erste Nacht so war wie keine andere.

»Wirst du immer mein Freund sein?«, wiederholte Jogona.

»Und du?«, fragte Vivian zurück. Sie kitzelte Jogonas Bauch mit dem Ziegenhaar und dachte an den Medizinmann.

»Das ist doch dasselbe«, wiederholte er träge. »Weißt du das denn nicht?« Benommen stand er auf, streckte sich und suchte seinen weißen Umhang.

Während Vivian sich anzog, wandte er das Gesicht zur Seite, aber sie wusste trotzdem, dass der Samt aus seinen Augen verschwunden war.

»Wir müssen gehen«, flüsterte Jogona, »vielleicht hat Amos doch ein Gewehr.«

»Vielleicht«, erwiderte Vivian und folgte ihm ins Schweigen des neuen Tages.

Der Regen hatte wieder eingesetzt und ließ die Haut dampfen. Die Kehle brannte. Erst als Vivian vor dem Haus stand, wurde ihr bewusst, dass sie nicht neben, sondern hinter Jogona gelaufen war. Wie die Frauen Afrikas, die hinter ihren Männern hergingen.

An der Tür wollte sie vom Fluss sprechen, der sich nun bald füllen würde. Das Gespräch gehörte zum Beginn der Regenzeit wie die blauen Flachsblüten, doch Jogona hatte den Zauber wohl vergessen. Er war nirgends zu sehen. Er war auf die gleiche Art verschwunden, wie er in der Nacht gekommen war. Nur seine Fußspuren zeichneten sich im Schlamm ab. Es waren die Füße eines Mannes. Das erste Grau des Tages zeigte sich am Himmel.

Vivian lag im Bett und lauschte dem Regen. Er hatte nicht mehr die Melodie der Nacht, sondern jenen drohenden Klang, von dem ihr Vater oft gesprochen und den sie noch nie wahrgenommen hatte. Der Wind war gestorben. Langsam wich der salzige Geschmack der Tränen einem bisher nicht gekannten Gefühl der Sehnsucht.

Es war die Stunde, in der Vivian mit ihrem Vater zum Melken ging. Sie dachte an die Melodie, die er seit neustem pfiff, und machte sich bereit, ihm entgegenzutreten.

16

Seitdem Vivian die karg ausgestattete Hütte von Bwana Simba das erste Mal betreten hatte, war nichts verändert worden. Noch immer wuchs das hohe Gras bis zum Eingang. Auch das Loch im Dach war noch da. Darunter stand eine rostige Schüssel, um das Wasser aufzufangen, wenn der große Regen einsetzte.

Das grob gezimmerte Bücherregal stand an der Wand. Die Bücher waren zusammen mit Bwana Simba alt geworden. Ameisen hatten die Ledereinbände zerfressen, und nun waren alle Bücher von gleicher Farbe.

Vivian saß mit gekreuzten Beinen auf dem Boden und streichelte zärtlich den Kopf des kleinen Affen.

»Ich bin gekommen, um dir auf Wiedersehen zu sagen. Kwaheri«, fügte sie hinzu, denn nur das Suaheliwort für Abschied konnte von ihrer Trauer erzählen.

»Ich weiß«, antwortete Bwana Simba.

»Toto gehört nun dir, Affen dürfen nicht nach Deutschland.« Vivian empfand, dass der Scherz ihr nicht richtig gelungen war, aber es tat ihr gut, das Wort auszusprechen, das in ihrem Hals drückte.

»Du hast mir Toto nur geliehen. Vergiss das nicht.«

»Ja«, bestätigte Vivian, »ich hab' ihn dir nur geliehen.«

Es gelang ihr nicht, jene Süße in die Worte zu treiben, die Trost gebracht hätte.

Schweigend betrachtete sie die rauen Wände der Hütte. Auf dem vergilbten Porträt der jungen Königin Victoria, das der Bwana Simba einst auf seiner ersten Reise nach Afrika mitgebracht hatte, klebte noch immer ein Rest von einer Fliege. Vivian war dabei gewesen, als Chai sie erschlagen hatte. An der Farbe des Flecks erkannte sie, dass das sehr lange her war.

Jetzt kroch wieder eine Fliege die Wand entlang. Mechanisch zählte Vivian die Beine am schwarzen, glänzenden Leib. »Gibt es solche Fliegen auch in Deutschland?«, fragte sie. Sie kannte die Antwort, sie wollte jedoch noch einmal das Wort aussprechen, das sie ängstigte. Angst war eine böse Sache, wenn man sie nicht aus dem Körper ließ.

»Nein, in Deutschland ist alles sauber.«

»Was kriecht dort an den Wänden?«

»Nichts.«

»Es muss einsam sein, wenn die Wände leer sind.«

»Es ist einsam«, bestätigte der alte Mann, »aber sie finden das schön.« Es klang, als spreche er von einem fremden Stamm jenseits der Berge.

»Und die Hyänen«, bohrte Vivian, bemüht, das Gespräch in Gang zu halten, »hört man die auch nicht?«

Sie verstand das Schweigen und beneidete Bwana Simba. Er durfte die Hyänen bis zu dem Tag hören, an dem er sich zum Sterben niederlegte.

»Was hört man denn dort, wenn man auf Regen wartet?«

Diesmal antwortete Bwana Simba sofort. »Nichts«, sagte er, »man wartet in Europa nicht auf Regen. Sie haben es verlernt, die Erde trinken zu sehen.« Er dachte an die drei Tage seines Lebens, die er in England verloren hatte, und sein Herz litt für Vivian, die Afrika nie aus ihrem Herzen bekommen würde.

Bwana Simba war anders als Jogona. Er verstand die Dinge, die Jogona nie begreifen würde. Bwana Simba hatte Vivian die Sprache des Nandistammes gelehrt und ihre Augen für ein Land voller Trauer geöffnet. Sie erinnerte sich noch genau an das Gespräch. »Afrika ist schön«, hatte sie damals gesagt.

»Afrika«, hatte Bwana Simba verbessert, »ist traurig.«

»Und die Farben? Sind die auch traurig?«

»Nur wer mit den Augen der Weißen sieht«, hatte Bwana Simba gesagt, »findet die Farben hier fröhlich. Schön ist hier nur die Traurigkeit.«

Vivian empfand nun längst wie Bwana Simba. Er hatte ihr Leben verändert und würde immer ihr Freund bleiben. Als Vivian ihn kennen gelernt hatte, war er bereits ein Mann gewesen, nicht wie Jogana erst einer geworden. Das war ein großer Unterschied.

Der alte Mann schien ihre Gedanken zu erraten, denn er sagte leise: »Aber der Regen wird auf dich warten.«

»In Deutschland?«, fragte Vivian höhnisch. Sie hatte den Ausdruck im Gesicht, den Jogona immer gehabt hatte, wenn er sich betrogen fühlte.

»Der Regen von Ol' Joro Orok wird auf dich warten.«

»Bwana Simba, weißt du es denn nicht? Ich muss morgen fort von der Farm.«

»Ich weiß es.«

»Und du sprichst vom Regen, der auf mich wartet?«

»Alles wird auf dich warten, meine kleine Kikuyudame, alles.«

»Ich bin keine Kikuyudame«, sagte Vivian verzweifelt, »du hast es immer gesagt, doch es war nur ein Spiel. Nicht wahr, es war nur ein Spiel?«

»Nein, es war kein Spiel«, sagte Bwana Simba. Er sah Vivian auf eine Art in die Augen, dass sie wusste, er betrüge sie nicht. »Es war dein Leben. Du wirst nichts vergessen. Du bist wie dein Vater. Du kannst nichts vergessen.«

»Aber er«, sagte Vivian, und sie machte gar nicht mehr den Versuch, den bitteren Geschmack hinunterzuwürgen, »er wird Ol' Joro Orok vergessen. Er will vergessen.«

»Es wird ihm nicht gelingen«, lächelte Bwana Simba, »aber er weiß es noch nicht. Er ist …« Seine Stimme verirrte sich.

»Ein Kind«, sagte Vivian, »du darfst es ruhig sagen. Ich weiß es schon lange.«

»Du bist wirklich eine Kikuyudame. Gib gut Acht auf deinen Vater. Kinder brauchen Schutz. Er hat niemanden mehr. Sein Vater ist tot.«

»Ich weiß«, schluckte Vivian, »er hat es mir oft erzählt. Ich weiß nicht, was ich sagen soll, wenn er davon spricht.«

»Nichts. Es ist immer gut, nichts zu sagen.«

»Das hat Jogona auch gesagt«, erinnerte sich Vivian, »vor vielen Regenzeiten hat er das schon gesagt.«

»Wir reden so viel wie Kikuyu«, rief Bwana Simba und ließ seine Stimme mit einem Mal hell werden. »Komm, wir reiten los!« Er stand mühsam auf, ging vor die Hütte, rief nach seinem Pferd und wischte sich die Augen mit der langen braunen Mähne.

»Auf Wiedersehen, Toto«, flüsterte Vivian und streichelte den Affen, »du bist kein Toto mehr, sondern ein Bwana.«

»Er wird auf dich warten«, versprach Bwana Simba.

Auf diesem letzten Ritt zwischen Nacht und Tag empfand Vivian die Schönheit Afrikas wie nie zuvor. Als sie mit Bwana Simba losritt, war die Sonne noch nicht aufgegangen. Noch wirkten die Bäume wie schmale Schatten. Schwarz zeichneten sich ihre Kronen gegen den grauen

Himmel ab. Der Mond machte sich zu seinem Abschied bereit und ließ sein letztes Licht zu den schneebedeckten Bergen flüchten. Bald würden die Tautropfen auf dem Gras verdampfen. Es war die Stunde, in der man keinen Laut hörte.

»Bwana Simba, du bist ein weißer Nandi.«

»Das bin ich«, rief der alte Mann. Sein Gesicht war jung, als er losgaloppierte.

Ein kleines Steppenfeuer tauchte die beiden Pferde erst in rotes Licht, dann in schwarze Schatten. Als die Dornakazien erreicht waren, holten die Geier gerade ihre Köpfe aus den Federn. Vivian fühlte sich erleichtert. Der Abschied lag hinter ihr. Nun trank sie noch einmal die Bilder. In der Erinnerung hörte sie die vertrauten Geräusche vergangener Regenzeiten. Kamau sang das Lied vom Schakal, der einen Schuh gefressen hat. Jogona lachte, weil der fremde Gott Amor mit Pfeil und Bogen schoss. Sein Bruder wurde geboren, und der erste Schrei wehte zu den Kindern, die versteckt im Gras lauschten. Jogona war schon lange verschwunden. Am Tag nach der Beschneidung hatte er die Farm verlassen, aber es schmerzte Vivian nicht mehr, an ihn zu denken. Dieser letzte Tag war größer als alle Schmerzen.

Der Himmel verfärbte sich und machte die leichten Federn der grauen Wolken rot. Wasserböcke zogen zum Fluss, schon ließ die Sonne das schwarzweiße Muster der grasenden Zebras sichtbar werden. Noch war der Tag lang, aber schon hatte er weniger Stunden vor sich als ein neugeborener Knabe Regenzeiten bis zur Beschneidung.

»Nein«, rief Vivian und erschrak, als sie ihre Stimme hörte. Die Pferde hielten, wie sie es gelernt hatten, an den Hütten der Nandi an. Rot glänzte die mit frischem Lehm eingeriebene Haut der Männer. Die aufgehende Sonne spiegelte sich in den schweren Metallreifen, die sie um die Arme und Fußgelenke trugen. Die Kinder lächelten und warteten, dass Vivian ihre Begrüßung erwiderte. Es roch nach Fleisch, Schweiß und Rauch. Eine Gazellenhaut wurde zum Trocknen vorbereitet. Das letzte Feuer erlosch.

Vivian trank dieses Bild, bis ihre Augen voll waren. Schwindlig lehnte sie sich an ihr Pferd, um Kraft aus der Wärme der Flanken zu schöpfen. Die Trommeln hatten berichtet, dass die kleine Memsahib sich zu einer großen Safari aufmachte. Schweigend reichte ihr ein alter Mann eine Schale, und Vivian trank das Blut mit nie erlebter Gier. Es sollte Kraft geben für eine lange Reise.

Eine Frau wollte etwas sagen, aber mit einer Handbewegung gebot ihr der Mann zu schweigen. Dies war keine Zeit für Worte. Die Sprache der Nandi wusste nur von Kampf, Jagd und Männern zu erzählen. Sie hatte nie von Frauen berichtet, die fortgingen, und es gab kein Wort für Abschied. Stumm ließen die Nandi Vivian ziehen.

Bwana Simba half ihr aufs Pferd.

»Es war gut so«, flüsterte sie. Sie sprach erst wieder, als die Pferde unter dem Dornenbaum standen. »Du bist schon sehr alt, nicht wahr?«

»Alt genug, um die Tage nicht mehr zu zählen.«

»Dann sehe ich dich heute zum letzten Mal«, sagte Vivian.

»Wie kommst du darauf?«, lachte Bwana Simba. »Ich kann doch gar nicht sterben, bis du wiederkommst.«

Vivian lehnte sich zu ihm hinüber und berührte die Narbe über seinem rechten Auge mit dem Ziegenhaar des Medizinmanns. Überwältigt spürte sie, dass der Zauber noch einmal wirkte. Bwana Simba hatte die Worte gesprochen, die er zu sagen hatte. »Warum kannst du nicht sterben, bis ich wiederkomme?«, fragte Vivian und lauerte auf die Antwort, die sie kannte.

»Wer soll mich vor die Hütte tragen, kleine Memsahib, wenn du nicht hier bist?«

Im Wald lärmten die Paviane. Die Geier hatten Beute gefunden.

»Du wirst auf mich warten, Bwana Simba?«

»Ich muss.«

»Und was wirst du bis dahin machen?«

»Nichts«, sagte Bwana Simba, »nichts. Hast du denn vergessen, dass man in Afrika Zeit hat? Noch bist du hier, und schon hast du es vergessen.« Seine Stimme war weich und dunkel, und der Spott war so süß wie die Schale der Pfefferbeeren.

»Ich habe es nicht vergessen«, erklärte Vivian, »aber wird dir das Nichts nicht leid werden?«

Bwana Simba lächelte, als er seinen Lieblingsausdruck hörte. »Es wird mir nicht leid werden«, wiederholte er.

»Und jetzt«, fuhr er fort, als sei nichts geschehen, »müssen wir gehen. Man soll nicht bei Tage Abschied nehmen. Du reitest zu deinem Vater, und ich reite zu Toto. Es wird nicht wehtun. Vergiss das nicht.«

Aufrecht saß Bwana Simba auf seinem Pferd. Sein Blick war schon sehr weit fort. Vivian spürte, dass sie die Tränen nicht mehr lange zurückhalten konnte.

»Kwaheri«, schluckte sie, »Kwaheri, Bwana Simba.«

»Kwaheri, meine kleine Memsahib. Komm gut heim von deiner Safari«, rief er und ritt fort, ohne sich umzudrehen. Es war ein alter Zauber, sich beim Abschied nicht in die Augen zu blicken. Wer einen Freund wieder sehen wollte, musste in der Stunde der Trennung Stärke beweisen.